人生は冥土までの暇つぶし

島地勝彦
Katsuhiko Shimaji

発行：日刊現代
発売：講談社

目次

民である／バーカウンターは人生の勉強机である／人生でいちばん愉しいのは年老いてからの勉強である／健康そうに見える。金持ちそうに見える。モテそうに見えることが肝心だ／お宝本は本棚の未読の書籍のなかにある／中国でもジョークは大衆の潤滑油なのである／自分が気にしているほど他人は自分を気にしていない／誕生日は嬉しくもあり、悲しくもあり／瀬戸内寂聴さんの隠された真実は哀しくも美しい／老いては部下に従え／無智と退屈は大罪である。しかし――／正月の新しい過ごし方――再びの「Ｎｅｔｆｌｉｘ」話／ベートーヴェンの第九は指揮者によって感じ方が違う／俺は過ちを犯し、その代償を払った。でもボールは汚れない／いまさらですが、映画「アバター」を観ずに死ねるか／君は『黒い海』を読んだか／オペラの最高傑作は「アイーダ」である／人を面白くするのは、内在する怪物性だ／１０１年続いた「週刊朝日」の最終刊は昭和の匂いがプンプンした／特攻兵器「桜花」の発案者は二度死んだ／東京都下の硫黄島はいまだ戦後処理は終わらず／塩野七生ワールドには久しく日本人が忘れているものがある／「私がここでお約束できるのは血と汗と涙と苦汁だけであります」

Part 5

食べて、飲んで、愛して――グルメからファッションまでお洒落を極める――188

美しいものを見つけたら迷わず買え、迷ったら二つとも買え／道を極めた者は、メニューにない〝極道料理〟を賞味する／ウイスキーは水で割ると、素直に裸になってくれる／やっぱり〝3P〟は愉楽の境地である／三つ子の魂を百歳まで燃やせ／各種野鴨のオンパレード料理にシマジは〝舌勃起〟した／葉巻と女は放っておくとすぐ消える／オンラインセミナーは凄い発明だが、いま一つ迫力に欠ける／保護猫のスズちゃんが福猫になった日／上質な紅茶は一つの「知る悲しみ」である／一日にリンゴ一個とタマネギ一個。これでまさに医者知らず／極上の万年筆は向こうから書き手に寄り添ってくる／ヒグマのモモ肉の脂身のルイベは絶品だ／それはラブレターか脅迫状か／名ブレンダーが作るウイスキーはアートである／「プラダを着た悪魔」ならぬ「プラダを着たシマジ」／シマジ流「極道炒飯」が正式にメニューに載った！／歳をとるほど、グルーミングには金をかけるべきだ／お洒落の道も極まれり。集めた眼鏡は280本！／わが故郷、一関の名物料理に舌鼓の日々／シマジカツヒコ、またの名を83歳ガングロギャル男という／料理人相手の〝食の十番勝負〟は負けるが勝ち／なぜ桃のフルーツカクテルをベリーニというのかご存じですか？／料理人の最高の味付けは、おもてなしの心である

「メメント モリ」、「カルペ ディエム」 238

※本書は「日刊ゲンダイ」紙に2021年4月8日から2023年12月28日まで連載した「〝極道たち〟の格言」を元に加筆・訂正したものです。

◎はじめに——人生は運と縁と依怙贔屓《えこひいき》

シマジは幸せにも、3人のスーパーメンターに邂逅《かいこう》した。

25歳で集英社の「週刊プレイボーイ」の新米編集者になったとき、運良く時代小説の泰斗《たいと》、柴田錬三郎先生の人生相談「キミはやれ、俺がやらせる」の編集担当になれた。柴田先生がまだ49歳だった。61歳で亡くなられるまで連載が終了しても毎週1回謦咳《けいがい》に接した。「シマジ、お前の人生に何が起ころうとも、品格だけは保てよ」と教わった。柴田錬三郎先生はシマジを息子のように可愛がってくれた。

30代でシマジは今東光大僧正の人生相談「極道辻説法」の担当者になり、「シマジ、人生は冥土までの暇つぶしや。極上の暇つぶしをするんだぞ」と教わった。大僧正が80歳で入寂《にゅうじゃく》するまで、シマジを孫のように可愛がってくれて「人生はどんなことが起ころうとも、失望するなかれやで」とご教授いただいた。

41歳で週刊プレイボーイの編集長になったとき、お祝いに開高健文豪から「出版人マグナカルタ九章」を直筆でいただいた。

「①読め。②耳をたてろ。③両眼をあけたままで眠れ。④右足で一歩一歩歩きつつ、左足で跳べ。⑤トラブルを歓迎しろ。⑥遊べ。⑦飲め。⑧抱け。抱かれろ。⑨森羅万象に多情多恨たれ。右の諸則を毎日三度、食前か食後に暗誦、服用なさるべし。御名御璽《ぎょめいぎょじ》」

シマジはこの3名のお方の名言を背中に背負って猛進した。編集長になって一年半が経ったころ、わが「週プレ」は52万部から100万部になっていた。もちろん開高健文豪の人生相談「風に訊け」も大評判になった。また文豪の胸を借りて挑んだジョーク十番勝負『水の上を歩く』も重版を重ねた。またあるとき、開高健文豪には「シマジ君、君はいままさに人生の真夏日にいるんや！『週プレ』売れているそうじゃないか。そういうときのタイの俚諺《りげん》を教えしんぜよう。それは『毒蛇は急がない』や。覚えておきな」と言われた。開高文豪はシマジを弟のごとく可愛がってくれた。

シマジは67歳で集英社の子会社「集英社インターナショナル」の代表を退任すると同時にエッセイストになって、3人のメンターから教わった「人生の知恵」を世の中に知らしめた。いまシマジは現役のエッセイスト&バーマンである。はじめに71歳のとき、当時の新宿伊勢丹の大西洋社長に懇願されて、新宿伊勢丹メンズ館の8階にたった3坪のスタンディングバー「Salon de Shimaji」を作ってもらった。毎土日午後2時から8時まで、シマジは愉しくバーカウンターの前でシェーカーを振った。いろんな方と邂逅して興奮するときを過ごした。格言好きなシマジは〈バーカウンターは人生の勉強机である。ときにはバーマンが先生になり、またあるときはお客さまが先生になる〉と閃《ひらめ》いた。新宿伊勢丹で7年半働いたころ、社長も変わりバーは閉店したが、シマジは今度は自力でバーを開こうと考えた。

生涯現役で人生を愉しもうと思っていたシマジは、バーマンは面白い職業に思えたのだ。岩手県一関で「アビエント！」というバーのオーナーバーマン松本一晃に東京で一緒にバーをやらないか、と口説いた。マツモトバーマンは二つ返事で快諾してくれた。新宿伊勢丹で一緒にカウンターに立っていた伊勢丹正社員の廣江大輔も「僕も連れてってください」と言って参加してくれた。またバトラー水間良雄は土曜日だけ、しかもボランティアで働いてくれることになった。西麻布4丁目の小さなバー「Ｓａｌｏｎ ｄｅ Ｓｈｉｍａ・ｊｉ」のオープンは２０２２年4月7日。シマジが79歳の誕生日のことである。あろうことか、この日から第1回の新型コロナウイルス感染症緊急事態宣言が発令されたが、シマジは「失望するなかれ」と叫んだ。〝シマジ一家〟は現在シマジが83歳でマツモトは57歳、息子みたいなものだ。ミズマは48歳で末っ子みたいで、39歳のヒロエは孫のような間柄である。

わたくしのバーではウイスキーを極めた人にも満足してもらえるようなオールド・レアモルトを用意している。だから、客もその道を極めた〝極道〟が来る。そんな愛すべき〝極道たち〟との会話の中から、人生の至言が生まれ、こぼれ落ちてきたりする。人の生きざまの機微なんて、バーのカウンターで学ぶものも多いのではないか。

シマジの人生は決して順風満帆ではなかった。64歳のとき大腸がんに罹り、がん研有明病院で大腸を15センチ切断した。また65歳のとき、3本ある冠動脈のうち2本が詰まり、国立国際医療センター病院で心臓のバイパス手術をした。シマジの主治医原久男先生が、スマホの電話番号をシマジに教えてくれなかったら、お陀仏だったと思う。シマジの心臓には3本のステントとペースメーカーが入っている。最近バーで仕事中に倒れて、マツモトに原先生の携帯を鳴らしてもらい、救急車で国立国際医療センター病院に運ばれた。「ベンツ一台分の新しい大きなペースメーカーを挿入しましたので、また元気になるはずです」と直接手術をしてくれた榎本善成先生が仰《おっしゃ》った。そんなわけで冥土の門前までは4度も行ったのだが、閻魔様に「シマジよ、ここに来て楽をするにはまだ早すぎるぞ！」と怒鳴られて、運良くシャバに追い返されたのである。まさに人生は運と縁と依怙贔屓である。

この小文の終わりに、どうしてシマジが編集者になりたかったのかを告白したい。

シマジが大学生のときは、東京オリンピックの翌年で、稀《まれ》に見る就職難だった。18歳のとき、フェデリコ・フェリーニ監督の映画「甘い生活」で、雑誌編集者を演じるマルチェロ・マストロヤンニの生きざまを観て、あまりの格好良さに衝撃を受け、「おれも編集者になるぞ」と固く決心した。子供のころから活字が好きだったこともある。たまたま観た「甘い生活」がシマジの目を開かせ、「運」の扉を開けてくれたのである。

大学の就職課の掲示板を見ると、集英社と新潮社の新入社員募集のビラが貼られていた。他の一流会社には目もくれず、両社を受けることにした。新潮社は最終面接まで行ったが、「縁」がなく落とされた。集英社は最終面接で〈受かった〉という、確かな手応えがあった。それは本郷保雄さんという戦前の「主婦の友」を165万部売っていた怪物編集長に巡り会えた「ご縁」であった。面接の日はそんなえらい方だとは露知らず、ダンディで強烈なオーラを発する人がいらっしゃると思っていた。その紳士は面接が終わると立ち上がり、シマジに握手を求め、大音声でこう宣《のたま》った。

「集英社は君のような若者を待っていた！」

「わたくしも社長のような方の下で働きたくて、沢山の本を読んで参りました」

じつは本郷さんは、社長ではなく専務だった。本当の社長がヘソを曲げて、なかなかシマジの採用を認めなかったと、後日、本郷専務からお聞きした。ちなみに「一滴」というシマジの落款《らっかん》は「ひとたらし」と読む。

Part 1

その道を極めた者たちの名言・至言

◎今日の異端は明日の正統

これまでの人類の歴史を紐解けば、すべての発見や発明は、世の中の誰からも認められ正統となる前は異端だった。逆説的に言えば、今、異端と見られているほうが「信用」できるかもしれない。世間、世俗の評価には注意が必要である。

この格言ですぐ思い出すのが稀代《きたい》の物理学者であり、天文学者だったガリレオ・ガリレイだろう。そのころのキリスト教は天動説を唱え、その説が一世を風靡《ふうび》していた。異端の徒であるガリレオがコペルニクスの地動説に賛同、彼の地動説を広く世の中に流布しようとした。キリスト教の総本山ヴァチカンはそれを黙認せず、ガリレオを宗教裁判にかけて有罪にした。

その裁判で有罪を言い渡されたガリレオは「それでも地球は回っている」とつぶやいたと言われるが、これは後年、熱狂的な信奉者が創作した言葉らしい。ガリレオ自身、無知蒙昧《むちもうまい》なる裁判官たちに落胆して、「今日の異端は明日の正統」と、心のなかでボソッとつぶやいていたのではないか。有罪になったガリレオは新型コロナ感染者でもないのに、本人の別荘に軟禁された。

ガリレオの墓には「それでも地球は回っている」と書かれた墓碑銘がある。せめてもの慰めである。

絵画の世界を見れば、不遇の天才、ヴァン・ゴッホも異端だった。生前、彼の絵はたった1枚しか売れなかったとされる。それも二束三文の値段である。

それがいまや、1枚何十億円という高額な値段で、オークションに出品、落札され、その都度、価格がニュースになる。ヴァン・ゴッホにもこの格言を捧げたい。

直近で言えば、いま人類が闘っている、新型コロナワクチンを完成に導いたのはハンガリー出身の生化学者、カタリン・カリコ女史である。

彼女の研究がなかったら、コロナ禍はもっともっと猖獗《しょうけつ》を極めたことだろうが、カリコ女史もまた異端だった。

共産主義国家のハンガリーから逃げ出し、米国に渡ったものの、当時の研究の主流はＤＮＡで彼女がこだわったｍＲＮＡは片隅に置いやられていたのである。研究費用、役職ともに恵まれなかった彼女は辛酸を舐めた。そんなカリコ女史が〝ワクチンの母〟となり、２０２３年にはノーベル生理学・医学賞を受賞した。

現在69歳のカリコ女史のワクチン完成は、まさに「今日の異端は明日の正統」を地で行く物語だ。そして、先のコロナ禍で専門家と称される人々の戯言《たわごと》を聞くにつけ、この格言を裏返したくなったものだ。つまり、「いまの正統は明日の異端」である。「権威」に胡坐《あぐら》をかき、コロナ禍に乗じ、闇雲に酒を敵視するような連中の言説は斜めからシニカルに見るくらいでいい。

◎古希を迎えたら自分の墓碑銘を書いてみるといい

墓碑銘〈エピタフ〉は三人称単数ではじまることが多い。シマジの三十数年来の枕頭《ちんとう》の書『ランダム・ハウス物語　出版人ベネット・サーフ自伝』（早川文庫）の巻末には、こんな文章がある。

〈一度ある人が私にこんな質問をした。『あなたはご自分の墓碑銘にどんな言葉をお望みですか』私はこういう言葉が欲しいと答えた。

『彼が部屋にはいってくると、そこにいた人びとは彼がいなかったときより、ちょっぴり楽しくなった』〉（木下秀夫訳）

あの「冷血」の作者、トルーマン・カポーティをイチコロでランダム・ハウスの専属契約作家にさせた凄腕の編集者、ベネット・サーフは天下一の人たらしだった。敬愛してやまないベネット・サーフの驥尾《きび》に付《ふ》して、その墓碑銘をコピペしながら、シマジ自身の墓碑銘を綴ってみた。

「彼が部屋に入って行くと、そこに居合わせた男たちは、いままで以上に気持ちがちょっぴり明るくなった。そしてそこに居合わせていた女たちは、いままで以上に気持ちがちょっぴり淫らになった」

アメリカの鉄鋼王、アンドリュー・カーネギーの墓碑銘は有名だ。

「己より賢い者を近づける術知りたる者、ここに眠る」

いつも「島地勝彦公認」の面々に助けられているシマジに似ていなくもないが、カーネギーホールを遺したアメリカの大富豪だ。ちょっと桁が違いすぎるか。

今東光大僧正が入寂《にゅうじゃく》なされて一年後、慶應病院に入院していた柴田錬三郎先生がベッドの上で何も見ずに瞬く間にたっぷりの墨で書き下ろした大僧正への墓碑銘も堂々たるものだ。墓碑銘の石碑は上野寛永寺の大僧正のお墓に建っているが、原文の書はサロンドシマジのバーに飾ってある。

大文頴心院大僧正東光春聴大和尚
今東光大僧正は森羅万象を學びて文學を識り
佛門に入りては天台顕密を光《おお》にす
さらに一流画家たり且大政事家たりき
将に百年稀有の大才にしてその遺徳を偲び
ここに刻みて千載の感激と為す

シマジはあるとき柴田先生の墓碑銘を、生前親しかった作家仲間の吉行淳之介先生に頼んだことがあった。吉行先生は事もなげに「それは勘弁してくれ。とくにシバレンは字と文章にうるさいからな」と言われた。

私事で恐縮だが、シマジのひとり娘の祥子が36歳で夭折したとき、遺言のように娘から頼まれ、シマジは慟哭《どうこく》のなか戒名の代わりに墓碑銘を書いた。

「短い生涯だったけれど、沢山の愉しさと美しさをまき散らしながら、黄金の翼に乗って潔《いさぎよ》く飛び立って逝ったひとり娘ここに眠る。行年《ぎょうねん》36歳　２００８年6月21日父」

自分が死んだらどんな墓碑銘がいいか。悪運で生き残ってしまった極道者は、淫らにそれを考えている。

◎お互いに敬語で話していれば、夫婦喧嘩はあり得ない

ずいぶんむかしのことだが、資生堂の福原義春名誉会長ご夫妻とシマジの3人で、日帰りの小旅行をしたことがあった。上田市で催されていた猫の絵の展覧会に誘われたのである。当然女房も誘われたのだが、畏れ多くて本人が遠慮した。驚いたことに、福原ご夫妻の会話を道中聞いていたら、お互いが敬語で話されているではないか。それは生まれてはじめて見聞きする強烈な体験だった。確かに夫婦同士が敬語で話していたら、夫婦喧嘩なんてあり得ないのではないか、と直感した。

そこでシマジは自宅に帰るやいなや、女房に提案した。

「うちもいまから福原家を見習って、お互い敬語で話しましょう」

いままでの愚妻なら「いいわよ」と言うところを「よろしいですわよ」と丁寧な返事が返ってきた。何十年もシマジは女房に「そうか？　おまえ」と言ってきた。それをいまから「そうなんですか？　あなた」と言うようにした。女房も「そうなの？　あんた」と言うところを「そうなんですか？　あなた」と言うようになった。敬語で話していると、確かに喧嘩腰にならなくなった。

しかし、シマジ家ではこれがひと月も続かなかった。いつの間にか、また「おまえ」になり「あんた」に戻った。やはり福原家とシマジ家では根本的に育ちが違い過ぎるような気がした。

結婚して55年目のシマジ夫婦もくだらない価値観の違いから、女房とよく言い合いになる。そのと

きのシマジの最大の防御策はスポンジでできた耳栓を両耳に突っ込んで、女房の声ができるだけ小さくなるように工夫することだ。夫婦喧嘩で女房に勝った亭主はこの世にいないからである。多分女房に勝った夫は離婚されるのではないか。いかに夫に社会的地位があろうが、学識があろうが、「女房の日に英雄なし」なのである。

最近、その女房が心不全に襲われ救急車で日赤病院に2週間緊急入院した。女房は料理を作ることは気が進まないらしく、結婚当時からシマジはもっぱら外食専門だ。だが、彼女は掃除洗濯においては〝天才〟である。若いとき柴田錬三郎先生宅にお邪魔したとき、先生の奥さまから「シマジさん、あなたの奥さまはきちんとなされた方ですね。シマジさんのズボンの筋がいつも気持ちよく立っていますわ」と褒められたほどである。

だから女房が入院しても、食べることには困らないが、下着やパジャマの洗濯は困る。いつもながらそういうとき、シマジには救いの神さまが現れてくれるのだ。42年間毎週月曜日と木曜日の午前10時ごろいつも来てくれて、ワイシャツ、ジャケット、ズボンを洗ってくれるクリーニング店の森瀬春二社長に、4つの大きな袋にいっぱい詰まったパンツやソックス、パジャマの類いを「洗ってくれますか」と頼んだ。森瀬さんは二つ返事で引き受けてくれた。「パジャマはワイシャツと同じ御代を取ってください」とシマジが懇願すると「滅相もないです。ボランティアとして洗わせてください」と社長。

じつは、シマジは80年間の生涯でご飯を炊いたことも、洗濯機を使ったことも、掃除したことも一度もない。

◎社長も刀鍛冶も優れた後継者を育てることが要諦だ

ＮＨＫの人気番組「プロフェッショナル 仕事の流儀」で放映された刀鍛冶《かたなかじ》、吉原義人《よしんど》さんが、岡安鋼材の岡安一男社長の肝煎りで、工房を見せてくれることになった。さっそく、われわれは葛飾区高砂の義人名工の工房兼自宅に集合した。幹事をやってくださったのは帝国ホテルキッチンのナカジマ女史だ。さらにシマジの人生相談の相棒を長く務めてくれたミツハシ、日経新聞の不定期連載「大人の嗜み」の担当者キクチとその息子、バトラー・ミズマ、ショーファー・サノ、そしてシマジの総勢８名で押しかけた。

ニコニコして迎えてくれた吉原義人さんは、テレビで観た感じより柔和な方だった。われわれは大きな応接間に通された。吉原家の奥さまの豪華な手料理をつまみながら、岡安社長が持ち込んだワインで舌鼓《したつづみ》を打った。ちょっと燻製したサーモンと晒した生のタマネギ。これまた燻製した野鴨と焼いたネギ、ミョウガが沢山かかった戻り鰹の炙りたたき。どれもこれも家庭料理の域を超えていた。

宴たけなわになったころ、義人さんは立ち上がり自作の名刀を見せてくれた。白鞘から抜いて自分で作った刀をじっと見ている顔は、いままでの表情ではなくプロの厳しい顔になった。一人ひとり持たせてくれた。想像していたよりずっしり重かった。長さは１メートル前後、重さは１・２キロくらいか。

吉原義人さんは30代で無鑑査の称号を獲得した。一躍有名にしたのは〝丁子乱れ〟という作成が難しい華やかな刃紋である。日本刀が実戦の武器から高価な美術品になって久しい。いまや日本だけではなく、世界中に日本刀のコレクターがいる。

義人さんは78歳。工業高校卒業後、刀鍛冶の世界に入った。祖父の國家さんは義人さんが生まれた年に日本一の刀鍛冶に認定されて、刀鍛冶番付東の横綱に選出された。義人さんは二代目の父のあとを継いだ三代目だ。四代目を継ぐはずだったご子息の義一《よしかず》さんは、同じく無鑑査の刀鍛冶であったが、無念にも50歳のときに膵臓がんで他界した。現在は20歳の孫が弟子入りして修行中だ。

ＮＨＫの番組の最後の恒例の「プロフェッショナルとは？」との質問に、義人さんは「自分が作る物造りを極めて良い仕事ができるのは当たり前だけれど、それを後継者に伝えられたときこそ、プロフェッショナルと言えるのではないかと思うな」と答えていたのが印象的だった。現在5名の弟子がおり、これまで20名の弟子が独立した。製作できる刀の数は1年間に10本前後だ。一刀１０００万円以上はする。義人さんが作った刀はいままで７００～８００本だそうだ。

それから2つの工房に案内された。玉鋼《たまはがね》は日本では日立金属だけが製造している。ふいごで玉鋼を溶かすために使われる炭は赤松である。今日は日曜日なので工房は休業していた。製作中の数本の刀が所狭しと置かれていた。刀製作は分業で、刀を作る刀鍛冶、鞘《さや》、鍔《つば》を作る人、それに研ぎ師がいる。大概、製作された刀は白鞘で渡される。

あるときサンフランシスコの展示会で丁子乱れの刃紋の美しい名刀を見つけた。義人さんは迷わず買い戻した。自分が作った刀は息子みたいに可愛いのだろう。

◎天才モーツァルトの女房は世界三大悪妻の一人だった

先日、マロオケ〈篠崎史紀《しのざきふみのり》〉のモーツァルトの「レクイエム」を大田区民ホールで聴き惚れた。篠崎氏はN響のコンサートマスターで知られた人だが、プロデューサーの結月美妃さんがコンサートの趣旨を熱く語ってくれた。「モーツァルトの『レクイエム』はなかなか日本で演奏されないんですが、新型コロナの死者の数が世界中で500万人を超えましたので、その方々への鎮魂を込めて、いまやるべきだと思い立ったのです。そこでマロさまにお願いして、マロオケで演奏することになりました」。

確かに「レクイエム」は合唱もソリストも必要なので、お金がかかる。「しかもベートーヴェンの第九のようにボランティアのアマチュア合唱団とはいきませんから、プロの東京オペラシンガーズに歌っていただきました」。

コンサートの少し前に瀬戸内寂聴さんが99歳で入寂した。「シマジは生演奏の『レクイエム』を拝聴しながら、心のなかでお祈りしていました。むかしカラヤンの指揮の『レクイエム』をレコードで聴いたことがありますが、やはり音楽は生演奏が心に滲み渡りますね」。

こんな会話を交わしたのだが、さて、モーツァルトにも「レクイエム」にもさまざまな伝説がある。まず、この曲は未完である。「モーツァルトはさる男爵に依頼され、男爵の奥方の『レクイエム』を作曲したのですが、作曲途中35歳の若さで亡くなりました。そこで、弟子のジュースマイヤーが補筆して完成させたのです」「モーツァルトは前金でもらっていたので、未完だと、莫大な違約金が生じるので、悪妻コンスタンツェが弟子の一人に頼んだとか?」「諸説紛々あるのですが、わたしは完成してよかったと思います」。

コンスタンツェ夫人が世界三大悪妻の一人に名を列《つら》ねているのも謎が多い。「モーツァルトの遺骨を共同墓穴に葬ったため、いまだに遺骨が行方不明。それもコンスタンツェ悪妻根拠の一つですね」「天才モーツァルトは人間としてはダメ人間ですから、コンスタンツェ夫人は恨みがましく思っていたのでしょう」。

その他にも、モーツァルトの死後、直筆譜を売って、再婚したとか、いろいろ伝説はあるのだが、真偽のほどはよくわからない。ダメ人間でも相手がモーツァルトとなると、献身が求められるのだろうか。さて、コンサートでは「レクイエム」の後に小品「アヴェ・ヴェルム・コルプス　ニ長調　K.618」が演奏されたが、これもよかった。「あれは濃厚な料理の後のデザートみたいなものです。マロさまはアンコールに弾こうと言っていたのですが、敢えてわたしはプログラムに載せたのです」。アンコールではなく、プログラムに載せたことで、〝コース料理〟となったのである。

「モーツァルトの時代、あれくらいの小規模の演奏では指揮者は置かず、コンサートマスターがリードして演奏されていたようです。マロオケと同じですね。あっ、そうそう、今回のマロオケ演奏の『レクイエム』はぴあのネット配信で鑑賞できますよ」

コロナ禍に明け暮れたこの年（2021年）は年末に鎮魂歌を聴きたくなる年でもあった。年の暮れは第九ばかりの世相の中で、こうした試みは有り難い。

◎結婚は判断力の欠如。離婚は忍耐力の欠如。再婚は記憶力の欠如

この人口《じんこう》に膾炙《かいしゃ》した格言は90歳まで生きたフランスの著名な劇作家、アルマン・サラクルーが遺した。正鵠《せいこく》を射た名言だとシマジは思う。もともと女と男は思考の仕方も体つきもまったく違う、別の動物だと確信している。だからこそシマジは女に惹かれるのだ。事実、男と付き合うほうが仲間意識でごまかせるから楽ちんである。それは友情と愛情の違いかもしれない。

確かにいま結婚しないで独身生活を謳歌している40代、50代の男女が沢山いる。サロンドシマジのバーに来てくれる独身貴族は女も男も優雅で余裕があり、生活の臭いがしない。一方、既婚者は稼いだ給料の全額を女房殿に召し上げられて〝お小遣い〟という形で戻してもらう。若い男ほど小銭しかもらえず、気の毒になるが、これは給料が銀行振込になってしまったことから発生した悲劇である。シマジがまだ集英社の平社員のころは毎月、現金での直渡しだった。シマジには同期入社の経理マンがいたので、彼を〝共犯者〟にした。毎月、支給額を少なく書いた嘘の明細をもらい、素知らぬ顔して袋ごと愚妻に渡したのだ。そこから尚且つ小遣いとして、かなりの額を戻してもらった。当時の週刊誌の編集者にはおびただしい残業代が付いていたのだ。おかげでシマジは世の中で体面を保てた。「男は外に出ると7人の敵がいるんだ。だからくだらないことで夫婦喧嘩になっても亭主が『ごめん、おれが悪かった』と謝ったら、その亭主には負け癖がついてしまい、世間でも簡単に負けてしまう。

どんなに己に非があっても、謝っちゃお前の負けだぞ」と教えてくれたのは我が人生の師、今東光大僧正その人である。故《ゆえ》にシマジ家はいまだに威厳をもった亭主天下である。

だから女房は「今度生まれたら二度とあんたなんかとは絶対に結婚しない」とヒステリーを起こして捨てセリフを吐く。そのときシマジは軽いアクビをしながら「おれは、お前のことを草の根分けて探しても結婚するね」と嘯《うそぶ》く。敵は「あんた何を言っているの。あたしが今度生まれるときは男になっているわ」と返す。そこで間を入れず、こう啖呵《たんか》を切る。「もしもお前が今度男になって生まれてきたら、おれは喜んでゲイになって男になったお前を抱くよ」。すると女房はゲラゲラ笑い出すのだ。

シマジの結婚生活は今年で早56年を迎えた。告白すると20歳のときからシマジはいまの女房と同棲していた。と言っても木造アパートの隣同士で暮らしていた。どうしてこんな面倒くさいことをしていたかというと、女房の実父は一関の教育長で、その後、一関市の助役をやったので、結婚前の娘が同棲では世間の体面上、都合が悪い。隣り合わせの部屋での同棲は世間を欺く苦肉の策だったのである。そんなわけでいまの女房と知り合って61年の歳月が流れたことになる。女房の機嫌がいいときは、じつに睦まじき人生の〝戦友〟だ。しかし、家庭内の平和は世界平和と似ていて、小さな〝紛争〟がときどき起こる。シマジの老妻は同じ歳で、若いときから掃除洗濯は天才的なのに、料理は大嫌いときている。そのために新婚早々からシマジは外食専門だった。そしてときどき〝外マン〟もいただいた。あっそうそう、実存哲学の創始者、キルケゴールが人生の至言を吐いている。

「結婚したまえ、君は後悔するだろう。結婚しないでいたまえ、君は後悔するだろう」

男と女には後悔しかないと思っていれば気が楽だ。

◎その道を極めた〝極道〟はセクシーを尊ぶ。美しい猫は貴族だと思う

この格言は、あくまで無類の猫好きのシマジの独断、偏見、私見である。猫ほどセクシーな動物は他にいない。小学5年生のころに、シマジ少年は雄の子猫を飼った。茶色と白の子猫だったので、少年は迷わず「チャコ」と名付けた。その日から毎晩少年はチャコと一緒の布団に寝た。学校から帰ってくると、母親から毎日もらう1本の牛乳をこっそり、半分飲ませていたのが原因だったのか、チャコはみるみるうちに巨猫となり、ボス猫となって町中を睥睨《へいげい》し君臨した。

いつだったか、真夜中、裏庭にあったトイレの窓から、サカリの付いた5匹の雄猫たちが1匹の可愛い雌猫を前にして、格闘して勝った猫から雌猫と順番に交尾する光景を、満月の明かりの下でまじまじと観察したことがある。もちろんチャコが最初に雌猫に乗っかった。

またあるとき、少年が深夜の1時ごろまで布団のなかで読書した後、熟睡していると、3時ごろ、チャコが肉球で少年の頭を軽く叩いて「兄貴、起きてくれ!」とニャーニャー鳴いて訴えた。突然起こされた少年は、枕元のスタンドを点けた。巨猫のチャコの隣に真白な華奢な美しい雌猫が、恥ずかしそうにちょこんと座っているではないか。

少年が度肝を抜かれていると、チャコは美しい雌猫を紹介すると、4個分ぶち抜いた障子の大きい穴から、悠然と夜陰に乗じて雌猫と消えた。チャコはシマジ少年にこう忠告したかったのだろう。

「兄貴も大人になったら、これくらいの美人と寝るんだぞ」

チャコはよく少年と一緒に風呂に入った。チャコは立ち上がり風呂桶の縁に両手を置いて、少年と温和《おとな》しく入っていた。いちばん感心したことは、少年が東京の大学に入り、郷里を離れると、チャコは誰の布団にも潜り込まず、座布団の上で一匹で寝ていたことだ。そして、シマジが帰省するたびに、嬉しそうにシマジと頭を並べて寝るのであった。

シマジはスマホで動画をよく観る。猫の動画はとくに観る。すると内蔵されているAIが反応して、世界中から猫動画ばかりが送られてくる。猫好きには堪らない。可哀想な野良猫が保護されて、保護猫センターの尽力によって飼い主が見つかり、幸せを掴む話など、ついつい泣けてくる。そんな〝逆転猫生〟を体験したさまざまな猫たちの可愛い仕草が動画に溢れている。ピアノ教室に飼われている猫が椅子の上に立ち上がり、ピアノの鍵盤を弾いている動画には驚愕した。一緒に飼われてる猫がもう一匹の猫に、肉球でモミモミしている珍しい〝マッサージ猫〟の動画には心が癒やされた。勝手に外に出て行った猫が自宅に帰ってきて、立ち上がってインターホンを鳴らす動画には喝采した。

人語を解していたであろう巨猫、チャコも老衰で死んだ。母親がそれを知らせてくれたが、猫の習性で自分の死体を誰にも見せず、どこかで死を迎えたらしい。人知れず、シマジは号泣した。その後、シマジはチャコ以外の猫を飼おうと思ったことは一度もない。いまでも猫に関しては一匹主義を貫いている。この世でもっともセクシーな生き物に対する敬意だが、ついでに言うと、このセクシーという言葉、すべてを凌駕《りょうが》する力がある。

◎老いては孫の歳の従業員に従え！

ロシアに理不尽に侵略されたウクライナのゼレンスキー大統領をはじめ、全ウクライナ国民にシマジはずっと大いなる声援を送っている。毎日着けているマスクは、上側がスカイブルーで下側は濃い黄色の〝ミニウクライナ国旗〟だ。これを胸を張って着けている。また眼鏡も上側がブルーで下側が黄色のフランス製。これを中目黒の眼鏡店「１７０１トゥーランドット」で見つけて、以来それをかけている。島地勝彦公認ネイリスト矢野&大江先生に頼み、左手の親指の爪にウクライナの国旗を描き、もう夏になったので右足の親指にもウクライナ国旗を描いてもらった。このペディキュアを強調したいがために最近はカンペールのサンダルを履いている。

バーでも同様だ。いつも着ているキートンの赤いジャケットの右襟には小さなウクライナ国旗のバッジを着けている。また２０００円プラス義援金３０００円で、ウクライナカラーのプリントシャツを5着買った。つまり、全身ウクライナカラーの満艦飾である。

コメディアンあがりのゼレンスキー大統領は以前、映画で高校教師からあれよあれよと大統領になる大役を演じたことがあった。そのコメディアンが本物の大統領になった。まさに人生は恐ろしい冗談の連続である。当初、政治経験がないゼレンスキー大統領の支持率はジリ貧だった。一時は28％まで下がったこともあったという。

そこに暴君プーチンが攻め込んだ。戦争はどこの国でも政権の支持率を上げるが、彼の場合、それだけではない。なにしろ相手は大国ロシアである。ウクライナが抵抗しても蟷螂《とうろう》の斧《おの》になってしまう。そこで、バイデン大統領ら欧米筋から「ドゴールのようにどこかに亡命してから、再び攻め込め」とささやかれたのに、敢然と拒否した。国内で最後まで戦うことを宣言し、それがウクライナ国民を奮い立たせ、現在の驚異的な支持率に繋がったのである。

さて、先日、島地勝彦公認の英会話教師、ジェフ・トンプソンと久しぶりにランチした。シマジの派手なウクライナカラーのマスクを見るや、ジェフ先生が訊いてきた。

「どうしてウクライナのマスクは上がブルーで下が黄色なのですか」

「………」

全身ウクライナカラーのくせに島地は答えられなかった。その後、シマジはバトラー水間と一緒にサロンドシマジに出勤した。シマジはトンプソン先生と同じ質問を松本チーフバーマンとバトラー水間にぶつけてみた。松本も水間もただ首を傾げるばかり。そこへシマジから見れば孫のようなバーマン、廣江がトイレから戻ってきた。ここに来る前は伊勢丹にいた廣江にも同じ質問をした。

「それは上が青空で、下は小麦畑の色ですよ」

シマジは顔色を失い無言になった。ウクライナが独立したのは1991年で31年前。37歳の廣江がまだ6歳のときだ。金髪のイケメンでブイブイいわせている廣江バーマンも、中学生のころは社会科の先生になりたいという小さな野望に燃えていたそうだ。そんなわけでシマジは〝廣江先生〟に完膚《かんぷ》なきまでにやられたのだが、これは爽快な出来事であった。この境地はなかなか貴重である。それにしても、あの国旗の由来は心を締め付けられるほど美しい。

◎バーカウンターで学ぶ最期のダンディズム

バーカウンターはまさに人生の勉強机である。ときにバーマンが先生になり、またあるときにはお客さまが先生になるから愉《たの》しい。

ある夜一人でいらしたお客さまが告白した。「わたしは3回結婚して3回離婚し、いまは独りで暮らしています」「それはフランスの劇作家アルマン・サラクルーが残した有名な名言を地で行っていますね」「ああ、あれですね。マスターのエッセイで読んで覚えています。結婚は判断力の欠如、離婚は忍耐力の欠如、再婚は記憶力の欠如、でした。となると、いまの独身生活は何の欠如ですかね」「それは冒険心の欠如ですかね。ところでお客さまは3人の女性と結婚なさった。もし甲乙を付けるなら、何番目の妻がベストでしたか」「それは1番目ですね。どうしたわけか、再婚するたびにだんだん劣化していきました」。

別のある夜、別のお客さまがいらしてこちらが尋ねたわけでもないのに告白しだした。「もうとっくに亡くなったんですが、うちの親父は4回結婚して4回離婚しました。わたしは最初の妻の一人っ子ですが、異母兄弟は他に6人います。親父は90歳で亡くなるとき、死の床にわたしだけ呼んで『わしは4回結婚して4人とも別れたが、いま思えばいちばんはおまえの母さんだったよ。それをおまえにだけに告白して死にたい』と息絶え絶えに語りました。マスターは結婚は何回目ですか」「わたしは愛ある無関心主義で1回の結婚をズルズルと続けています。まあ結婚なんて1回で十分だと思っています」。

理想の結婚を夢見て、何度も離婚する男がいるが、たいがい失敗する理由はこの辺かもしれない。つまり、最初の女がいいのである。

またある夜、食通を自認するお客さまがカウンターに座るなり言った。「マスター、聞いてください。わたしは事前に予約せず、その日食べたいものを食べに行く主義なんですが、このところ2回立て続けて『本日は貸し切りが入っていまして申し訳ありません』と断られてしまったんです。いま新興成金の間で『貸し切ってやった』みたいな征服感を味わっている輩《やから》が増えているらしいのです」「馴染みのお客さまを排除してまで貸し切りをするのは如何なものですかね。うちのバーで貸し切りしたいと言われたら、丁重にお断りしています」。

目先の利益に目が眩《くら》むと大切なものを失うのだ。

またまたある夜、深刻な顔してお客さまが語りはじめた。「マスター、来週、僕は肛門周辺の陰毛を完全脱毛手術をする予定です」「どうしてまた?」「ぼくの職業は介護関係なんですが、寝たきりになった方の肛門周辺の長く伸びた陰毛にこびり付いた便を見るたびに、逆の立場になったらと考えます。そこで、脱毛手術を受けておきたくなったのです」「わたしは若いときから陰毛も肛門周辺の毛も電気カミソリで綺麗に剃っています。でももし介護される立場になったら、独りで剃るのは難しいでしょうから、わたしもやろうかな。でも痛そうですね」「麻酔をかけるそうですから大丈夫です。手術が終わったら報告します」「ダンディズムの観点から、それはいいことだと思います」。

これぞ、人生最期のお洒落である。

◎遊戯三昧――今東光大僧正の宝力はいまなお健在

46年前に入寂《にゅうじゃく》された今東光大僧正は、シマジにとって大切な人生のメンターの一人である。亡くなられる1年前、「シマジにピッタリの言葉を進ぜよう」と筆に墨をたっぷり含ませて、さらさらと書いてくださった仏教の四文字熟語は「遊戯三昧」であった。いまサロンドシマジのバーに額装されて飾られている。「これは〝ゆうぎざんまい〟と読むのではなく、〝ゆげざんまい〟と読むんやで。シマジがプレイボーイとして遊んで遊んで遊びつくせば、この有り難いお言葉の意味を理解して、一角《ひとかど》の男になっておるはずじゃ」と仰《おっしゃ》った。

シマジは80歳を過ぎたころ、「遊戯三昧」の意味がぼやっとわかってきたような気がする。それは、人生とは遊びのなかにこそ真実がある、ということではないか。一角《ひとかど》の男になったかはどうだろうか。

他にも今大僧正の直筆の書がバーに飾られている。「止観」「信入関山」である。この意味はバーのカウンターに立っているシマジに直当たりしてきたお客さまだけにこっそり教えてあげることにしている。

またもう一人のメンター柴田錬三郎先生が書した今東光大僧正への墓碑銘が掲げられている。そしていちばん若かったメンター開高健先生の書も飾られている。サロンドシマジのバーは、明治、大正、昭和生まれの文豪たちの肉筆に囲まれているのだ。その直筆から3人の文豪たちの気が放たれて、ここはまさにパワースポットと化している。中国では末期がんの最期の治療の一つとして、古い名筆の掛け軸を患部に当てるそうだが、書には書いた人の気が宿っているといわれている。

サロンドシマジではお客さまがお帰りになるとき、今東光大僧正御愛用のステッキを握ってもらい「今東光大僧正、有り難う御座いました」と肖像写真を直視しながら、3回大きな声で言っていただくことにしている。すると、ときに奇跡が起こるのである。1年半以上も前のことだが、タクシーに乗ってうちに来られたお客さまが財布をなくされたことがあった。青ざめたお客さまにまず渋谷署と麻布署の警察に連絡させてから、大僧正の形見のステッキを握らせて3回祈ってもらった。そうしたら3日後、渋谷署からお客さまに連絡があり、大事な財布は中身もそのままで戻ってきた。

またコロナ蔓延《まんえん》が猖獗《しょうけつ》を極めていたころ、小さなブティックの店主が「最近お客さまが全然来てくれません。マスター何かいい手がありませんか」と嘆きにきた。そこで帰るときに「今東光大僧正、有り難う御座いました」と3回唱えさせた。それから数日後、店主から「マスター、3日間続けて凄い額を売り上げました。また伺わせていただきます」と連絡があった。

シマジもお客さまの予約がゼロのとき、大僧正の杖の御利益をお願いする。すると、たちまち満席になったりする。もう一つのご祈祷《きとう》は、今東光大僧正が愛用したビキューナのコートを着たバトラー水間に抱きつく祈祷である。バトラーは頼めば喜んで毎回バーのロッカーから出して着てくれ、ハグしてくれる。これは冬期専用の祈祷である。そして、どうしても切羽詰まったときは、上野寛永寺の第三霊園に眠る今東光大僧正のお墓を掃苔《そうたい》するのだ。

さて、こういう話を信じない者はまだ人生の修羅を知らない。修羅を知り、己ももがき苦しめば、祈りを拒否する理由はなくなる。

◎一穴主義を尊ぶ日本は子供の国、多穴主義を尊ぶ仏国は大人の国

シマジが「週刊プレイボーイ」の編集長として人生の真夏日を謳歌《おうか》していたある日、堀内末男社長から社長室へ呼ばれた。

「シマジ君、集英社からもそろそろ写真週刊誌を創刊したいんだ。君にその編集長になってもらいたいんだが、どうだろう」

シマジは即答したのを覚えている。

「社長、それは無理です。第一有名人の不倫の現場に張り込んで、シャッターを切るなんてそんな下劣なことはできません」

人の不幸は蜜の味というが、そんなことを商売にしてはいけないとシマジの良心が囁いたのだが、その気持ちは今も同じだ。

最近、広末涼子が不倫騒動で血祭りに上げられた。可哀想にと同情している。男を女は誤解して愛し合い、理解して別れるものだ。不倫は見て見ないふりするのが文芸的な人間のエチケットである。スタンダールの「赤と黒」は不倫小説の大傑作だ。不倫だからこそ、文学的に昇華するのだ。

不倫をバッシングしている今のご時世の日本では、不倫文学は育たないだろう。

常日頃「男の下半身にはチン格はあるが、人格はない」と豪語してやまないシマジが脱帽したのは、

第21代フランス大統領フランソワ・ミッテランである。ミッテラン大統領は多くの女性と浮名を流したが、国民は気にもしなかった。大統領にはアンヌ・パンジョという愛人がいて、女の子を産ませ、堂々と大統領公邸に住まわせていた。もちろん、そこには正妻も住んでいる。さらに驚くべきはミッテランが33年間にわたりアンヌに送ったラブレター1218通と、彼女への想いを綴った6年分の日記が死後出版されたことである。なんという出版文化であろうか。79歳で亡くなる4カ月前にアンヌに書いた最後の恋文が出色である。

「わたしの幸せは、君のことを想うこと、そして君を愛していること。そして君はいつもわたしを想っている以上のことを与えてくれた。君に会えたのはわたしの人生の幸運であった。これ以上どのように君を愛することができるんだ?」

荘厳なミッテラン大統領の葬儀では、正妻の家族と愛人の家族が棺《ひつぎ》を囲んで粛々と進んだ。ミッテランは多穴主義の見上げた男で、若いときから多くの女性と浮名を流した。しかも政治家として第一級の仕事をしながらである。とくに有名なのは、フランスに帰化したスウェーデン人ジャーナリスト、クリスティーナ・フォーヌとの関係で、男の子をもうけている。それでもフランスのマスコミも国民もミッテランに非難の声を浴びせなかった。

戦前は日本にも豪傑が沢山いたものだ。実業界で活躍した松方幸次郎は、死して松方コレクションを東京国立博物館に残したことで有名だが、「貴殿は何人の妾《めかけ》を囲っているのか」と天皇陛下に訊かれると、「陛下、失念しました。そろばんをお貸しくださいませんか」と答えたという。

戦後、日本人はどんどん幼稚になっているのではないだろうか。

◎悔しいときは奥歯を噛みしめて笑え

２０２１年4月12日の早朝、日本中が松山英樹のマスターズ優勝に沸いた。シマジもテレビで生を観戦した。早朝からタリスカースパイシーハイボールをチビチビ飲みながら、興奮した。ハイボールを飲みながらのマスターズ観戦は40、50年前からの〝年中行事〟だが、その年のマスターズは格別だった。松山英樹が初日から優勝に絡んだからである。そして3日目に首位に立つ。最終日にテレビをつけると、いまなお、トップを走っているではないか。

松山英樹が〝魔のバックナイン〟に入り、最終組でX・シャウフェレとプレーしている場面は、手に汗を握る展開だった。この〝世紀の実況〟をＴＢＳの小笠原亘アナウンサーと解説者の中嶋常幸が伝えたが、絶叫したり、冷静になったり、忙しかった。

解説によれば、その年は日本人がマスターズに挑戦してから85年目とのこと。松山自身、海外のメジャートーナメントに挑戦してから10年の歳月が流れていた。最終ホールのパーパットは外したものの、強豪たちに1打差をつけて優勝し、グリーンジャケットを着せてもらった。

「おめでとう！　ありがとう！」とアナと中嶋常幸は涙声だ。シマジも久しぶりに涙した。これで松山英樹はマスターズから生涯招待選手に選ばれた。暗いニュースばかりの昨今、一条の光が射《さ》したような気がしたが、シマジの頭にはむかしのマスターズのシーンも去来した。パッティングの名手だったトム・ワトソンのプレーである。

名手の彼も年齢とともに、パッティングに苦しむようになった。とくに難しいオーガスタの16番パー3。その年、ワトソンはピン上2メートルにつけて、バーディーパットを打った。パトロンたちが固唾《かたず》をのんでボールの行方を見守る中、運命のボールはカップをなめて無残にも1メートルほどオーバーした。16番のグリーンはピンより上につけることは禁物だ。ワトソンだって百も承知のはずだが、ピン上につけて、案の定、オーバーした。パトロンたちのなかからため息に近いどよめきが起こった。そこから打ち返しのパットも入らず、1メートルもカップからオーバーした。また禁物の上につけてしまったのである。可哀想に、その短いパットも入らなかった。パッティングの名手、ワトソンが4パットしたのである。

このとき、彼はどうしたか。はらわたが煮えくり返るほど、悔しかったのは想像に難くない。実際、彼の顔は耳朶まで真っ赤になった。ところが、その表情は変わらなかった。それどころか、静かにほほ笑んで、グリーン上から去った。パトロンの多くは嗚咽していたが、わたくしも大好きなワトソンの気高い仕草と微笑に、激しく心を揺さぶられたのである。

彼が去るとき、バーディーを沈めた以上の拍手と歓声が巻き起こった。

悔しいときは奥歯を噛み締め、その感情を心にしまい込み、ほほ笑む。それができる者が道を極めた人、「極道」だろう。松山英樹は3日目を終わったときのインタビューで、こう言った。

「この3日間、あまり（心に）波を立てることなく怒らずできた。明日はそういうことが大事になってくると思う。それができればすごくチャンスがあると思う」

優勝は必然だったが、彼は微笑を身につければもっと勝てる。

Part 2

仕事と病の武勇伝

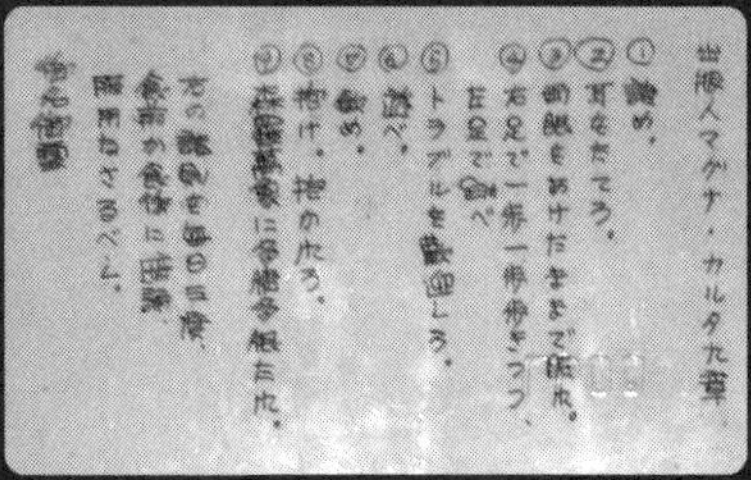

◎幼年期に九死に一生を得た人間は強運が身につく

これは今東光大僧正から聞いた格言である。

「シマジ、正力松太郎っておるだろう。あの男の強運は大したもんだ。東京帝国大学法学部を卒業後、警視庁に入庁して将来警視総監を嘱望され警務部長でいたころ、ちょうど運悪く『虎ノ門事件』が起こった。将来、昭和天皇となる摂政宮の狙撃事件だ。摂政宮は無事だったが、正力が懲戒免官された。その1年後、後藤新平から資金援助を受け、経営不振だった読売新聞の経営権を買収し社長になった」

「大僧正、その当時の読売新聞の部数はどれくらいあったのですか」

「3万部くらいだったかな。それを正力が引退するころには300万部まで伸ばした。だから世間は『大正力』と崇《あが》め奉っている」

「凄い強運ですね」

「戦前アメリカからベーブ・ルースを招聘《しょうへい》して神宮球場でプロ野球の試合をやった。それが日本のプロ野球の夜明けだな。いままでは六大学しかプレーできなかった神宮球場は『神聖な球場』と崇《あが》められていた。怒り狂った右翼の1人が読売新聞の玄関先で、正力の左頸部を日本刀で斬りつけた。正力は瀕死《ひんし》の重傷を負ったがそれでも一命を取り留めた。仏さまから授かった強運としか言いようがない」

「強運ってやはり生まれつき持ってるものなんですか」

「それもあると思うが、違う瞬間に仏さまから授かるものらしい。正力松太郎は富山県射水市の出身だ。5歳のころ町を流れる庄川の河原で遊んでいたとき、突然襲ってきた日本海からの高波に呑まれて行方不明になった。総出で捜索したところ、川のなかからすでに意識不明の正力少年が引き揚げられた。母親は松太郎坊やを抱きかかえ必死で近所の医者に走った。現場にいた人たち誰もが助からないだろうと思っていたが、正力少年は奇跡的に蘇生した。幼年期に九死に一生を得た人間には、仏さまから授かった盤石の強運が身につく」

正力松太郎とは比べようもないほど小さな強運がシマジにもあった。幼少期に中学校の先生をしていた親父に連れられて、中学生の海浜学校に同行した。有名な陸前高田の高田松原海岸に近接する広田海岸であったと記憶している。5、6人の中学生たちが漁師の漕《こ》ぐ小さな船に乗って沖合に出て、また海岸に近づいてきたとき、中学生たちは次から次へと飛び込んで、泳ぎ出したではないか。シマジ少年はその格好良さにつられるように、自分がカナヅチだったことも忘れて最後に飛び込んだ。海水は飲むや沈んで行くなか、やっとの思いで海面に顔を出して「ぎゃあー」と助けを求めた。すると異変に気がついた中学生たちが溺れているシマジのところに戻ってきて助けてくれたのである。まさにその瞬間、シマジは九死に一生を得たのだった。

1浪1留年した上に優が一つもなかった青山学院大学から、集英社の入社試験を受けて合格したことも、41歳で「週刊プレイボーイ」の編集長に抜擢されたことも、52万部だった同誌を全部員の力を借りて100万部の大台に乗せたことも、51歳で役員待遇になったことも、また4つの大病から生還できたことも、強運と言わずして何と言おう。そこに人生訓のような理屈をつけようと思えば、いくらでもできるが、無意味だ。シマジはこの世に仏さまも神さまもいるのだと、固く信じている。

◎絵空事、真、幻、歌心、漫《そぞ》ろに綴る

この格言は、いまから五十三、四年前に千駄ケ谷の地下にあった「仮面」という、当時としてはハイカラなバーのオーナーマスター、江口司郎さんからいただいたものだ。

江口さんは決してイケメンでもないのに女たちにモテて、自ら「ポール」と呼んでいた。教養がある人で話術の達人であった。「仮面」は夜の7時にオープンして、夜明けまで営業していた。その当時の有名人を含め、多士済済《たしせいせい》のお客で毎晩賑わっていた。ポールはバーマンの仕事は従業員に任せて、もっぱら円形のシートに座っている客の間を回って、軽妙な会話をマシンガンのように繰り出し愉ませていた。当意即妙なポールの話術の魅力に痺《しび》れて、客は通ってきたのだろう。よく流行っていたバーだった。

ある定休日の日曜日、シマジはポールのマンションに招かれた。驚いたことに女性たちだけが7、8人はいただろうか。ある女性はポールと親しげに談笑している。勝手に編み物に勤しんでいる女性もいる。みんな魅力的な女性ばかりだ。ポールはシマジより7歳ぐらい上で当時、30代半ばの独身。しかし、女性同士はとても仲が良く、一片の嫉妬もみられなかった。シマジが生まれてはじめて見た〝ハーレム〟であった。

ポールはよくシマジに言っていた。

「シマちゃん、女を所有した瞬間にエゴが生じてロクなことが起こらない。結局、男を選ぶのは女の

特権なんだ。男はその流れに身を任せて生きるのも悪くはない」

まさにポールのプレイボーイ哲学である。

「なかには結婚したい女性も出てくるでしょう。そのときは一緒にシャンパンを飲んで『おれを忘れて幸せになってくれ』と言ってさよならするのさ」

この〝名セリフ〟は、若いときシマジも何度か使わせてもらった。

「この格言は女と一戦交えてプチモール（仮眠）して起きたときに、ふっとシマちゃんのことを思い出して閃《ひらめ》いたんだよ。いずれシマちゃんが本を出してサインするときに使ってくれ。そうすりゃオレは本望だよ」

それから四十数年後、シマジは処女作『甘い生活』（講談社）を上梓した。ポールとの約束通り、「絵空事、真、幻、歌心、漫《そぞ》ろに綴る　島地勝彦」と多くの読者にサインした。

ポールにはギャンブルという悪癖があった。「仮面」は数年経って六本木に移ったが、大きな闇ギャンブルで大敗《おおま》けして、その店は他人に渡った。その後、まもなく脳梗塞に見舞われ、手足が麻痺したと聞いた。それでもポールは女性にモテた。文豪バルザックのように、ポールを助けようという金持ちの女性が現れて、面倒を見てもらったようだ。その女性はポールがあの世に旅立つとき死に水を取った。もしかするとその女性は、シマジが以前垣間見た〝ハーレム〟の一人だったかもしれない。

往時を憶《おも》えば、すでに茫々《ぼうぼう》の彼方にある。

◎無思想、無批判、無節操で生きる

シマジがまだ25歳で集英社の新人研修のころ、いまでも発行されている月刊誌「明星《みょうじょう》」の編集部にひと月だけ、仮配属されたことがあった。当時の三長《みつなが》編集長の席にくっつけて机が置かれ、特訓を受けた。毎日、日誌にそのときの編集部の様子だとか、「明星」の読後感などを書かされたのだが、ある日、三長編集長がシマジの日誌を読んで言った。

「君は本当に無思想、無批判、無節操な男だね」

そのとき、編集長の言う通りだと感銘した。確かにシマジは83年間の生涯を通じて、無思想、無批判、無節操で生きてきた。

この生き方がいちばん爆発したのは「週刊プレイボーイ」編集長の時代だった。毎週破天荒で面白いテーマを死に物狂いで追いかけたものだ。逆張り特集もよくやった。田中角栄がすべてのマスコミにバッシングされていたころ、小室直樹先生と谷沢永一《たにざわえいいち》先生に対談してもらい「田中角栄は無罪だ！」という特集を大々的に組んだ。ちょうど東京地裁で裁判がはじまる前夜、両先生にはホテルに泊まってもらい、翌朝、裁判がはじまる1時間前から先生たちにはしたたかウイスキーの水割りを飲んでいただいた。こうして酩酊《めいてい》した状態でテレビの実況中継を観てもらったのだ。

対談がはじまると、天才・小室先生が突然立ち上がると、部屋中所狭しと「角栄は無罪だ！　角栄は無罪だ！」と叫びながら踊り出した。すると間を置かず谷沢先生も釣られて踊り出した。カメラマンは興奮してその2人を撮影した。同席していた担当編集者はド肝を抜かれて狼狽した。これで特集が果たして作れるのかと、編集者は悩んだことだろう。

その後、酩酊した両先生を別々の部屋に案内して寝てもらった。その間に編集者とシマジは2人で原稿を作成した。シマジはお2人に何度も会って、いかに田中角栄が無罪であるか、散々聞かされていたので何とか特集が組めた。夕刻、小室、谷沢両先生を起こして原稿をチェックしてもらった。お2人は一文も付け加えることなく承諾してくれた。

小室先生は「アメリカでの嘱託尋問は憲法違反だ」と強調し、谷沢先生は「あんな天才をたった5億円で裁くなんて日本の損失だ」と嘆いていた。こんな破天荒な特集を編集長自ら作ってしまうところは、無思想、無批判、無節操でなければできなかっただろう。

「週刊プレイボーイ」の売り物の一つが人生相談であった。そのころ文豪・開高健先生にお願いしていたのだが、モハメッド・アリとアントニオ猪木をリング上で闘わせた稀代《きたい》の虚業家・康芳夫《こうよしお》さんが持ち込んできた企画特集「三浦和義の悪の人生相談」にシマジは飛びついた。編集長自ら3時間くらい対談形式で三浦和義に人生相談をしてもらった。マスコミあげて疑惑を追及している最中である。この企画は反響を呼んだ。

そのうち部下のトモジの企画で「三浦和義、疑惑の男根」の特集を組んだ。これは「週刊文春」の売り物シリーズ「三浦和義の疑惑の銃弾」のパロディーであった。紙面のデザインも「週刊文春」そっくりにした。

無思想、無批判、無節操が「週プレ」を100万部にした一つの原動力になったことは間違いない。

◎社長に可愛いがられると仕事人生がより愉しくなる

100万部の週刊誌「週刊プレイボーイ」のシマジ編集長が人生の真夏日を謳歌《おうか》していたころの話をしよう。まさに人生には恐ろしい冗談のような事件が勃発した。それはアダルトビデオ傑作選の16ページのグラビア特集で、ぼかしをつけるべきところを見逃してしまい、無修正でモロに立派な魔羅《まら》が印刷されて出てきてしまったのである。ときすでに遅く、すでに最終校了後の段階だった。

「すみません。わたしがうっかりして見過ごしてしまったのです。じつはいま凸版印刷の現場の若者がこの事実を発見して、凸版のうちの担当者から連絡があったのです」と、日頃有能なウダ副編集長が頭をかきかきシマジに言った。部下の失敗は編集長の失敗、部下の功績は部下の功績だと肝に銘じているシマジは、直属の上司に報告しようと連絡したが、その日はあいにく編集担当専務をはじめ、編集関係の部長以上は文壇ゴルフに参加していて、全員が不在だった。シマジは意を決して問題の刷り出しを持って、ウダ副編集長と一緒に社長室に駆け込んだ。その前に副編集長には「おまえは直立不動で立っていろよ」と言っておいた。

「おお、シマジか、どうした?」と、堀内社長は相好《そうごう》を崩してやさしかった。

「社長、ありうべきか、べからざるか、ご覧のように男性性器がモロに丸出しで印刷されてしまったんです。社長、すべては編集長のわたしの責任です。来週月曜日発売ですから、物理的にもう刷り直しはできません。どうしたらいいでしょうか」

「君は目障りだ。座りなさい！」と社長はウダ副編集長に言ったが、頑として座らない。話し合いの途中、社長は3回同じセリフを言ったが、彼が座ることはなかった。

「わかった。桜田門に呼ばれたら、シマジが一人で行くんだな。留置されるようなことになったら、甘んじて受けなさい。それから万が一週プレが回収されることになったら、君の退職金はないと思いなさい」「ありがとうございます。ではこのまま印刷して来週発売いたします」

シマジは発売までの数日間、輾転反側《てんてんはんそく》し不安でよく眠れなかった。発売日から数日間、戦々恐々としていた。もちろん東叡山寛永寺の今東光大僧正のお墓にお参りして「大僧正、何も起こらなかった」と3回過去形で大きな声で叫んだ。そうしたら、実際、桜田門からお咎《とが》めはなかったのである。やっぱり大僧正の法力は凄いものだと、シマジは独りほくそ笑んだ。でもこれが男性性器ではなく、女性性器だったらどうなっていただろうか。神のみぞ知ることだろう。男性性器は女性性器より軽く見られているのであろうか。

それから数年経ってシマジは、雑誌「Ｂａｒｔ」の創刊編集長になった。ドイツの「シュテルン」誌との編集提携である。ドイツの男性も短小包茎に悩む者が多いらしく、小さなペニスをシリコーンを入れて大きくした手術の特集がリアルな男性性器の写真付きで掲載されていた。シマジは新しく社長になった若菜社長に相談した。

「これはあくまでも真面目は医学記事です。これを翻訳して『Ｂａｒｔ』に載せようと思いますが、いかがでしょうか」「いいんじゃないか。あくまでも医学記事なんだろう」と若菜社長は快諾してくれた。シマジは胸を張って待っていたのだが、桜田門からのお咎めはなかった。

◎奇跡とは映画のように美しくなければならない

２０２２年の正月早々、東京に予報以上の雪が9センチも降ったのには驚いた。いまから45年くらい前だったと記憶しているが、まだジャックダニエルをサントリーが扱っていたころの話である。当時シマジは「日本版ＰＬＡＹＢＯＹ」の副編集長を務めていた。広告部の滝さんという先輩から依頼があった。

「シマジ君がジャックダニエルを毎晩よく飲んでいるのを知って、サントリーの宣伝部からタイアップ広告の依頼があったんだ。受けてくれる?」「喜んで受けましょう」「有名なカメラマンと誰か有名な作家をさっそく決めようか」「それはコマーシャルの世界で有名な操上和美さんが最適でしょう。文章はシマジにお任せください。ジャックダニエルに対するラブレターを書きたいです」「わかった。任せるよ」「その代わり滝さん、アメリカ往復ファーストで2人分お願いします。原稿もファーストクラスの文章を書きます。もちろんタダで」「シマジ君の情熱には感服だよ」

取材は2月ごろだったと思う。寒かった記憶がある。

ロスの集英社支局で奥山支局長と合流してテネシー州に飛んで、リンチバーグにあるジャックダニエルの蒸留所を訪れた。さっそく蒸留所の所長が、どれほどわが社のジャックダニエルを愛飲しているのか、を尋ねてきた。シマジは胸を張って応えた。

「毎晩ジャックダニエル愛飲しているのは当たり前ですが、わたしは毎朝シャワーを浴びてヒゲを剃ったあと、ジャックダニエルをつけ、オーデコロンとしてもジャックダニエルを振りかけています」「凄い！　贅沢《ぜいたく》です！　ところで蒸留所以外取材したいところはありますか」「創業者のジャック・ダニエルさんのお墓にお参りして撮影したいのです」「どうしてまた？」「お墓を見るとその方がどれほどのお人だったかわかるものです」「ではいまからご案内しましょう」

蒸留所のほど近いところに、ジャック・ダニエルさんの豪勢なお墓はあった。

「どうして椅子が2つあるんですか」「いい質問です。ダニエルは生涯独身で数多いガールフレンドに恵まれていたようです。そのため遺言で『わたしが死んだら椅子を2つ置いてくれ。そうすれば鉢合わせになっても喧嘩にならないだろう』と」

シマジは感服して操上先生にお墓の撮影を頼んだ。すると、「いや、シマちゃん、この墓に雪があったら最高だね。今東光大僧正の直弟子なんだから、明朝、雪を降らせてよ」と言うではないか。

「所長、この村で雪が降ったのはいつですか」「ここ10年は雪は降ったことはありません」

それでも、シマジは眠る前に、例によって過去形で12回も「雪が降った」と、心を込めて祈願した。翌朝、夜明けとともに目が覚めた。カーテンを開けた瞬間、目を見張った。細かい雪が降っているではないか。

こうして雪化粧の神々しいお墓のワンショットが撮れたのである。美しい傑作のために奇跡が起きたとしか思えない。

◎シマジと週刊誌の真夏日、世の中も輝いていた

先日、西麻布の「サロンドシマジ」のバーに60歳前後の常連のお客さまが一人でやってきた。スパイシーハイボールを注文されると、突然バッグから古い「週刊プレイボーイ」を1冊取り出して言った。

「このころ、わたしは大学生でしたが、シマジ編集長が毎週送り出す『週刊プレイボーイ』に興奮して、欠かさず愛読していました。あの時代は世の中がいまよりもっとおおらかで、愉しかったですね。突然、懐かしくなり先日コンビニで週プレを買ってみたら、どこにもヌードページがないのにはビックリしました」「それは週プレの自主規制でしょう。乳首が見えるヌードがあると、コンビニに置いてくれないようです。可哀想にね」

手に取って、わが子のような思い出の週プレの奥付を見たら、昭和59年12月25日発行とあった。シマジは昭和57年41歳のとき、週刊プレイボーイ編集長になったから、3年目である。定価をみると特大号で220円だ。現在の週プレは通常号で550円。隔世の感である。

この年末特大号の週プレは、52、53万部だった週プレを100万部にしたころの懐かしい号だった。全裸のページを見ても、いまのような巨乳はいない。栄養のせいなのか、いまの子の胸はデカくなった。週プレは当時、フリーを含めて約40人くらいの男だけの部隊だった。全員一丸となって熱狂しながら邁進《まいしん》し、100万部の大台に上り詰めたのである。

毎週読者に購読してもらうにはどうしたらいいか。グラビアが一過性であるのに対して、活版は文字で訴える。人気連載になれば、読者は習慣的に買ってくれる。だから、活字を大事にした。人生相談には、開高健文豪にご登場願った。写真は活版ページなのに社内カメラマンではなく、立木義浩巨匠にお願いした。この4ページを〝神棚〟にして、特集やコラムではやりたい放題でユーモアの世界を遊んだ。

各編集者たちにニックネームを付けてキャラクター化して、奇想天外の特集を考えた。なかでもトモジとコミネがスターだった。名付けて「100万部の社内報」。

この号で開高文豪は読者の「ラーメンとカレーの優劣を論じてください」という質問に、その優劣を面白く論じた後に「ま、両者の優劣を論じていてもキリがないので、カレー・ラーメンというものを食べて終わりにしたい」と言った。その文豪の姿をタッちゃんが撮影した写真が載っている。この贅沢が堪らない。

トップの特集は「'84厄払い特集　われらゴーストバスターズ」というタイトルで、南伸坊の似顔絵イラストをふんだん使った6ページだ。「三浦和義サンは007に頼んでズドンと一丁あがり」「田中角栄は新潟ごとソ連に進呈してめでたく一丁あがり!」。こういうユーモアページは名文でないと締まらない。フリーの名文家たちのお力を存分に使わせてもらった。

「編集部'84、10大社内ニュース」の9番目には「シマジ編集長が1985年にむけてたてた新たなる編集方針は、〝読むマリファナ〟である」とあった。まさにシマジの人生の真夏日であり、週刊プレイボーイの真夏日が蘇ってきた。そして、それができたのは時代もまた真夏日だったのである。

◎日本人の2人に1人はがんになる時代

2022年春、シマジは2カ月に一度の定期的採血で、前立腺がんのPSA〈腫瘍マーカーの数値〉が高くなっていることが判明した。その結果、4月3日の日曜日から2泊3日で国立国際医療センターに入院して、生検を受けることになった。3日は午前10時に入院したが、ただベッドに横にされて、何の処置もなかった。翌朝8時少し前、看護師に付き添われ、自力で歩いて手術室に入った。前立腺は神経が集中している敏感な部位なので、生検のために全身麻酔が施される。生検自体は肛門から19本の針を入れて前立腺に直接刺して検査するらしい。「らしい」と書いたのは他でもない、全身麻酔があっという間に効いたので、昏睡状態のなかでの生検だったのである。幸い、あっという間に終わった「らしい」。実際にかかった時間は30分だったそうである。

個室に戻るときシマジはストレッチャーに乗せられた。尿道にはステントを入れられて当初は〝垂れ流し〟の状態だった。自力でトイレに行ったのは12時間くらい経ってからのことだ。手術後はじめての自力での放尿は、若いときよく飲んだカンパリソーダに似た鮮やかな赤色だった。翌日の昼過ぎには帰宅したが、トイレで放尿すると、まだ薄い紅茶色だった。

それから21日後、生検の結果を聞くために再び国立国際医療センターを訪れた。問診の末、運命の判決が下った。「がん細胞あり」である。詳しく書くと、前立腺に直接刺した針19本のうち、5本の針からがんの陽性反応が出たのだ。泌尿器科の専門医、木村先生がシマジに訊いた。

「シマジさん、今日はまだお時間がありますか」

「今日の予定はバーに18時までに行けばいいので、それまで十分時間があります」

「ではこの後CT撮影をして、他に転移しているかどうか調べましょう。その結果の発表はシマジさんが定期的に診てもらっている循環器内科の原先生の問診を受ける5月11日に合わせましょう」

5月11日、循環器内科の原先生の問診では、640あった中性脂肪が126まで落ちていた。正常値は30－149である。また糖尿病の数値、ヘモグロビンA1Cは以前8だったが、7・1まで落ちていた。こちらのほうは4・9－6・0が正常数値である。まずまずの数値と他の部位への転移がなかったことにほくそ笑んだが、落胆もあった。泌尿器科で受けた生検では19本刺した針のなかから5本にがん細胞が検出されたので、放射線専門医、中山先生の問診を受けることになったのである。

「CTなどの画像をチェックした結果、あなたの前立腺がんは顔つきが悪い。早めに放射線治療を受けたほうがいいでしょう」と勧められた。翌日から39回連続（土日を除く）毎日午前10時45分に患部に放射線を当てることになった。人生とはまさしく恐ろしいジョークの連続である。

とはいえ、前立腺がんに悩む男性は多い。日本人の2人に1人はがんになると言われるが、前立腺がんは男性しか罹患しないのに、がんのトップだ。原因は日本人も欧米のような食生活になり、なおかつ、寿命が延びたこととされる。贅沢して長生きすれば罹る病気なのか。若いころの酷使とは関係なく、シマジには必然だったようだ。

◎前立腺がんは全摘手術か放射線治療か

前回書いたように、シマジは81歳にして前立腺がんに罹った。採血してＰＳＡの腫瘍マーカーで判明したのだ。治療の方法は、前立腺がんに罹った前立腺そのものを全摘するか、長期にわたって放射線を患部に当ててがんを根絶するかの２種類ある。全摘手術した友人の体験談によれば、術後半年から約1年以上、尿がうまくコントロールできず、おしめが必要になるケースも多いらしい。

シマジが通う国立国際医療研究センター泌尿器科の木村ドクターは、放射線治療を薦めてくれた。もし全摘治療を薦められたらシマジは拒絶したことだろう。シマジの前立腺は若いときからかなり酷使させてしまって、申し訳ない気持ちがある。もう性器はセックスのためではなく、排尿するためだけのものなのだが、やはり全部取ってしまうのは忍びないという思いに駆られたからだ。

そこで月曜日から金曜日まで毎朝10時15分に放射線を照射する生活とあいなった。時間はたった2分間、ピンポイントで前立腺のがん細胞に照射する。毎回、ベッドに寝かされズボンと下着を脱ぐ。武士の情けで小さなタオルを性器の上にかけてくれる。

前立腺がん自体は痛くも痒くもない。放射線治療もピンポイント照射で、こちらも痛くも痒くもない。月曜日から金曜日まで合計39日間病院に通ったのだが、あるとき、放射線科の担当医、中山ドクターの問診があった。シマジは物書きの端くれとしてねちっこく質問した。

「中山先生、日本では前立腺がんは全摘手術と放射線治療とでどちらが多いんですか」

「いまはちょうど半々くらいですかね」

「日本人は潔く全摘手術を受けたがるようですね」

「そうです。欧米では80％強は放射線治療です。また乳がんや子宮がん、子宮頚がんなども放射線治療が増えています」

「この放射線治療はがん化した患部を放射線で焼き切るみたいなものなんですか」

「結果的にはそうなんですが、シマジさんの場合39日間の放射線治療で、その日からがんが消えてなくなることはなく、半年、1年、1年半と時間が経つと少しずつがん細胞が消えていくんです」。

長い闘いなのである。だとすると、全摘という選択肢も出てくるのだろう。

「全摘手術の場合はきれいさっぱり前立腺そのものがなくなるんですよね。だから一気に潔くやってしまう男性がいるんですね」

「そういうことです」

「放射線の後遺症はあるんでしょうか」

「頻尿になる人はいるようです」

「中山先生、最初、わたしの前立腺がんは顔つきがよくないと言われましたが、どうなったんですか」

「顔つきがよくない分、丁寧に放射しました」

シマジは、毎日放射線を浴びて治すほうが全摘手術より良い気がする。とはいえ、それは科学的根拠ではなく、シマジの生き様による。丁寧に照射してくれている中山先生は「放射線の素晴らしさを広めてください」とおっしゃった。シマジは大きくうなずいたのは言うまでもない。

◎男は怪文書の一つや二つ送りつけられてこそ漢《おとこ》になる

往時茫々《おうじぼうぼう》の日々だが、シマジも83年間の人生を振り返ってみるときがある。まあ思い出してみると、シマジほど怪文書を送りつけられた男はいないだろう。人生で最初の怪文書は高校3年生のときだった。石橋校長宛ての怪文書は大島生徒課長に渡され、シマジは説教部屋に呼ばれた。

「シマジ君、君は夜な夜なバーに通っているようだね」

開口一番、大島先生は怖い顔をして睨みつけながら若いシマジを問い質《ただ》した。ついにバレたか、と不安が稲妻のようによぎったが、シマジはそれを隠した。大島先生の目をしっかり見つめてから、丹田に気力を入れてこう答えた。

「大島先生、わたしの父はしがない小学校の教師ですよ。もし父が大島先生のような高校の先生なら、バーに行く小遣いをくれたかもしれませんが、わたしの現実ではバーに行くなんて不可能です」

大島先生は何も言わなかった。怪文書は見せてくれなかったけれど、その内容は漏れ伝わった。〈わたしは一関一高出身の先輩だ。行きつけのバーのカウンターで後輩のシマジの姿をよく見かける。現役の高校生としてあるまじき行動だ。退学させるべきではないか〉というものだったと記憶する。

後に岩手県の教育長にまで上り詰めた大島先生は、かくしてシマジを不問に付してくれた。じつはシマジはごくたまに親父のジャケットを黙って拝借して、トリスバーに一人で行った。どうして高校生にそんな金があったのか。家の押し入れに親父が作った暗室があった。両親がいないときに、近所のおじさんが東京で購入してきたエロフィルムをこっそり焼き増ししてくれないかと、頼んできた。その謝礼金がたっぷりあったのでトリスバーくらいは行けたのだ。

数十年後、大島先生は県の教育長を退官された。われわれの同級会にご招待し、大島先生に再会した。

「3年A組のシマジです。いま『週刊プレイボーイ』の編集長をやっております」と恭《うやうや》しくご挨拶すると、大島先生は懐かしそうに相好を崩して訊いてきた。

「シマジくん、高校生のころやっぱりバーに通っていたんだろう。もう時効だから正直に言ってもいいじゃないか」

「大島先生は岩手県の教育長も務められた。功成り名遂げた高校の先生です。それに引き換えわたしの父は、小学校の教師で晩年は塾の先生をやっていました。バーに通う金なんて到底無理な話です」

「アッハハハ」と2人は同時に大爆笑したが、周りの同級生たちはキョトンとしていた。

あのとき大島先生が教育者としての惻隠《そくいん》の情を発揮してくれなかったら、今日のシマジは存在しなかっただろう。この夏のお盆休み、一関に里帰りしたら、人生最初の大恩人である大島先生の墓を掃《そう》苔《たい》しようと思う。そうだ、伝説のジャズバー、ベイシーの正ちゃんと一緒に行こう。

その後もシマジは怪文書に縁がある。週刊プレイボーイの編集長になる噂が社内に立ちはじめたころ、当時の堀内社長宛てに5通の怪文書が届いたのだ。怪文書は男が漢になるための禊《みそ》ぎみたいなものらしい。

その怪文書事件は次回に。

◎男は嫉妬するより嫉妬される人間になるべきである

シマジが41歳のとき、「週刊プレイボーイ」の編集長になるかもしれない、という噂が社内で囁かれた。畢竟《ひっきょう》、男のヤキモチは女のヤキモチより質が悪い。しかも男の場合、徒党を組んでやってくるのだ。そんな折、当時の堀内社長のもとにシマジに関する怪文書が5通も送りつけられてきたのである。ときの白井総務部長がシマジを個室に呼んで問い質した。

「シマジ君、最近何か変わったことはないか」「別にありません。いま週プレの活版特集の副編集長を仰せつかっており、毎日愉しんでいます」「じつは社長のもとに君に対する怪文書が5通届いたんだ。内容は大同小異で、とにかく君を週プレの編集長にしたら、編集部を辞める者が続出するだろう、とか、またシマジがやる特集記事が名誉毀損で訴えられて、裁判沙汰になるような事件を必ず起こす、とか書いてあったかな」「部長、堀内社長にお伝えください。その下劣な怪文書野郎たちを信じるのか、シマジの才能と人間性を信じるのか、決めてくださいと」「わかった。そのように伝えておこう。まあ君らしいセリフだな」

間を置かずしてシマジの仕事ぶりを買ってくれた若菜常務にも怪文書のことが耳に入った。シマジは常務室に呼びつけられた。

「シマジ君、君に対する怪文書が5通も社長のところに送りつけられたらしいな」「はい。社長からは直接何も言われませんでしたが、白井総務部長から報告を受けました」「どうしてわたしに相談しなかったんだ」「白井総務部長にはわたしを信ずるか、怪文書を信じるのか、社長に決めてください、と伝言をお願いしました」「一言、わたしに報告してもよかったんじゃないのか」「わたしはこんな些末なことで若菜常務を煩わしたくなかったのです」

それから1カ月後、シマジは晴れて「週刊プレイボーイ」の編集長に任命された。部下は男だけの所帯で、社員とフリーを合わせ40名はいただろうか。みんなで一丸となって働いてくれた。半年もしないうちに部数は上昇しはじめ、1年半後には発行部数が100万部の大台に乗った。週刊誌全盛時代とはいえ、シマジの人生も真夏日だった。編集部も毎日が熱狂に包まれていた。後年、「週刊プレイボーイ」50周年記念企画として、後輩の「週刊プレイボーイ」の編集者、近田拓郎がそのころの「熱狂」を一冊の増刊号にして売り出したほどだ。

読書アンケートはがきを見ていたら、読者のほとんどが童貞ではないかと直感した。さっそく五月みどりさんを口説いた。公募読者から5、6名を選び、五月みどりさんと一緒に露天風呂に入ってもらおうという企画が閃いたからである。題して「五月みどり混浴童貞セミナー」。全裸で読者たちが入っている混浴風呂に五月みどりさんは全裸で入ってくれた。五月さんは元気いっぱいの童貞のオチンチンを一人ひとり握ってあげて囁いた。

「あなた、ソープランドで童貞を捨てちゃダメよ。恋した相手に捧げなさい」

シマジ編集長は東大法学部の学生をそのなかに入れておいた。将来、この若者が裁判官や政府高官になったとき、惻隠《そくいん》の情を発揮してくれるかもしれないと思ったからなのだが、さて、どうなったか。世の中からはおおらかさがどんどん失われているのが哀しい。

◎高校時代の恩師の墓前で懺悔《ざんげ》した真実

2022年のお盆は一関へ帰郷した。その際、ずっと気になっていたことをやり遂げたので、清々しい気持ちになった。それは高校時代の恩師、大島英介先生の墓前で、真実を告白することである。前々回のコラムに書いたが、大島先生の惻隠《そくいん》の情がなかったら、シマジは退学の憂き目にあっていた。いつか墓前でお詫びと御礼を、と思っていたのだが、シマジは大島先生の菩提寺を知らなかった。

一関が誇るジャズバー、ベイシーのマスター、正ちゃんに相談してみたが、わからなかった。そんな折、ベイシーにたまたま北上書房の佐藤周平社長が遊びにきた。正ちゃんがすかさず尋ねた。

「周平、一関一高の大島先生のお墓が何処にあるか知らないか」

「いいえ、知りませんが、大島先生の息子さんの携帯なら知っていますから、いま訊いてみますね」

というわけで、大島先生のご子息と直接、お話をすることができた。シマジはお父上には並々ならぬお世話になったことを伝え、お墓を尋ねた。菩提寺は市内台町にある祥雲寺であった。そして、翌日の午後、シマジは独りで祥雲寺に出向き、掃苔をした。

ちょうどお盆の時期だったので、祥雲寺には墓参の人が沢山いた。大島先生のお墓は本堂の裏手の階段を登って、すぐのところにあった。法名碑を見ると、戒名は「妙智院教章英哲居士」とある。まさに立派な教育者に捧げられた戒名である。そして「平成十九年十月二十八日　大島英介九十一才」とあった。

シマジは白檀の線香の香る煙を見ながら、大島英介先生にポツポツと話しかけた。

「大島英介先生、シマジです。高校3年のときシマジはバー通いをしていたとの怪文書が校長に届き、大島先生はシマジに事実かどうか、確かめられました。あのときシマジはシラを切りました。大島先生はシマジの詭弁《きべん》を信じて不問にしてくださいました。もし先生の惻隠の情がなく退学になっていたら、その後の人生はどうなっていたでしょう。もう時効ですから真実を告白します。シマジは確かにたまに一関の街のバーに通っていました。でも大島先生に尋問されてからは、一度もバーには行っていません。大島先生の寛容な計らいにいまでも感謝しています」

当時の一関一高と言えば、バンカラで男子は高下駄を履いて通学した。全員が応援団のような学校だった。そんな学校の生徒が親父のジャケットを借りてバー通いをしていたのだから、許されるわけがなかった。大島先生の寛容さは、いまでは想像もできないだろう。バレれば、大島先生にもリスクがあった。それだけに感謝してもしきれないのである。

「シマジも今年で81才になりました。バーに通う小遣いは、じつは近所のおじさんから頼まれたエロ写真を両親が不在のときに押し入れで焼いたお礼でした」

何という不良学生であろうか。その後、シマジは「週刊プレイボーイ」の編集長になった。好奇心旺盛で、早く大人になりたい青年たちを大いに啓蒙、刺激したことが、せめてもの罪滅ぼしである。

◎病魔に何度襲われても〝失望するなかれ〟と念じよ

2022年は三つの異なる病魔に立て続けに襲われた。

一つ目は6月末である。国立国際医療研究センターの採血の結果、前立腺がんを宣告された。前立腺がんについてはすでに書いたので省略するが、嬉しいことに治療前8・45もあったPSA反応が、いまでは0・67まで下がった。二つ目は8月下旬でシマジも人並みに新型コロナ感染者になった。熱も咳も出なかったが、臭いも味も感じなくなり食欲不振に陥った。と同時にどうしようもない倦怠感に襲われて、体重が65キロから59キロまで落ちた。

陽性が判明したのは、三つ目のペースメーカー手術がきっかけだ。9月1日にペースメーカーを心臓に直接入れる手術を受けることになっていて、1週間前に検査を受けた。それが陽性と出たのである。そのためペースメーカー挿入手術は2週間延期となった。

シマジがペースメーカー手術を受けることになったのは、毎月定期的に通っている帝国ホテルのインペリアルタワークリニックでの診察がきっかけだ。

糖尿病の権威である久武朋子ドクターがシマジの血圧を測っているとき、手首で脈拍を診ながら「ちょっとおかしいです」と言った。久武ドクターはすぐに国立国際医療研究センター心臓内科の原久男ドクターに緊急連絡してくれた。久武ドクターも同医療研究センターで働いているので、2人は親しい同僚なのである。5日後、シマジは国立国際医療研究センターで心電図、MRA、レントゲン検査を行った。その結果早急にペースメーカーを挿入する手術を受けることになったのだ。人生で名医の依怙贔屓《えこひいき》ほど有り難いものはない。

医学の進歩にはいつも驚かされる。以前のペースメーカーは肩の下辺りにマッチ箱程度の大きさのものを入れたのだが、いまでは股の付け根から静脈を使ってカテーテルで心臓の右心室の壁にぶら下げる。そのためのフックが付いているペースメーカーの大きさは、ビタミン剤のカプセルぐらいである。ペースメーカー挿入手術は麻酔をかけられて約1時間以内で終了した。その後は20時間くらいは絶対安静だった。このカプセル型のペースメーカーは10年間、心臓のなかから心臓そのものに電波を送り、心臓の動きをヘルプする。寿命は10年間で、シマジが長生きしていれば、91歳ちょっと前にまた新しいペースメーカーを挿入することになる。100歳になっても元気だったら、さらに新しいものを挿入する。このペースメーカーは3回しか挿入できない。一度入れたペースメーカーはそのまま心臓のなかに放置されるそうだ。

そして植え込んだデバイスが正常に動いているかどうか確認するために、自宅から月1回小さなモニター装置を心臓に直接あて、電子信号を医療センターの装置に送る。ちなみにこのカプセル型のペースメーカーの値段は250万円するとカタログに書いてあった。当然、原ドクターは最新式のデバイスを埋め込んでくれた。高齢者保険が利いたとしても、50万円以上はかかるかなと心配していたら、1週間の個室入院費込みで何とたったの18万円だった。日本は有り難い国である。これがアメリカだったら400万円は請求されたことだろう。それやこれやでシマジはめげることなく前向きである。病魔に打ち勝つにはそれしかない。

◎講演会の謝礼をすぐさま〝鉄砲返し〟

東海高校の2年生の吉田悠一郎君から「わが校で講演をしてくれませんか」という依頼電話が西麻布のバーにかかってきたのは、2023年4月のことである。

「吉田君はどうしてわたしのことを知っているんですか」

「はい、ぼくが中学2年生のとき、偶然にうちの学校の図書室でシマジ先生の『迷ったら、二つとも買え！』（朝日新書）を見つけて読んだのです。それから先生に興味を持ちまして、先生のご本は全冊読破しました。是非先生、東海高校で講演をしていただけませんか」

「わたしは高校生相手の講演はしたことがありませんが、シマジ教に入信した吉田君のためなら、ひと肌脱ぎましょうか。それにしても、わたしの著作が学校の図書室にあるって奇跡ですね。中学生が読むにはちょっと刺激が強いかな」

「そんなことはありません。サブタイトルの『シマジ流無駄遣いのススメ』は泣かせます。一度サロンドシマジに行ってみたいのですが、いかがでしょうか」

「きみはまだ未成年だからウイスキーの大好きな先生と一緒に来れば入れてあげましょう」

それから1週間もしないうちに吉田悠一郎君は籠谷優先生を連れてバーに現れた。もちろん吉田君にはノンアルコールのフルーツカクテルを飲んでもらった。

「講演のタイトルは何にしましょうか」と吉田君。「『人生は運と縁と依怙贔屓《えこひいき》である』にしてください」「面白いタイトルですね」と籠谷先生は美味しそうにウイスキーを啜《すす》りながらいった。

6月24日土曜日。いよいよ、その日がやって来た。「サタデープログラム43ｒｄニュース」という東海高校全校を挙げての大イベントの一コマでシマジの講演が行われたのである。教室には70人くらいの聴衆者たちが待っていた。シマジは会場をゆっくり見回してから第一声を上げた。

「みなさま、シマジと申します。本日どうしてこんなド派手なマルニのサマーセーターと短パンで来たかといいますと、みなさまに絶対シマジを忘れられないように考えたド派手作戦なのです。82歳でこんな格好ができるのは、いかにシマジが元気であるかの証拠です。元気こそ人生の正義です」

1時間半ほど喋っただろうか。その後吉田君がシマジに近づき「シマジ先生、本日は有り難うございました。大変面白かったです。これは東海高校からの寸志です。お受け取りください」と熨斗《のし》袋を差し出した。「有り難うございます。一旦受け取りお返しします。この謝礼でわたしの著作を図書室に並べてください」。吉田君は一瞬キョトンとしていたので、シマジがむかし今東光大僧正から聞いた天台宗の〝鉄砲返し〟の話をした。

「むかし天台宗の檀家たちが和尚さんのところに日本酒の一升瓶を般若湯《はんにゃとう》として持って行くと『有り難うさん。これは持ち帰ってみんなで飲んでください』と和尚は一升瓶を返したそうです。それを〝鉄砲返し〟というそうです」

ド派手なセーターと〝鉄砲返し〟のことを吉田君がいつまでも覚えていてくれたら幸甚《こうじん》だ。シマジは〝鉄砲返し〟をするためにこの講演を引き受けたのだから。

◎豪華絢爛な夢を見るときは元気一杯の証拠である

ある時期、この「日刊ゲンダイ」の連載コラムをコロナの後遺症で長らく休んでいた。そのころに見た夢が、凄く面白かった。Ｎｅｔｆｌｉｘの傑作長編ドラマ「ビリオンズ」をベッドで鑑賞してから眠ったせいか、ダミアン・ルイスが扮するようなイケメン億万長者が夢に登場、サロンドシマジのバーに現れて、こう言ったのである。

「シマジ編集長が『週刊プレイボーイ』を１００万部売って人生の真夏日を満喫していたころ、わたしはちょうど慶應の大学生でした。毎週買ってシマジマジックに魅了されたものです。わたしはグラビアページよりも活字ページのほうに影響されました。シマジ編集長、20億円提供しますから、是非、面白い雑誌を創刊してくれませんか。銀座のアピシウスでロマネコンテを飲みながら、２人でもっと詳しくブレストしましょう。それまでに雑誌のタイトルと、どんなコンテンツにするか考えておいてください」

60代に見えるその億万長者はバーでワンショット4万円するポートエレンを5杯飲んで帰って行った。

そして、後日、アピシウスで新雑誌創刊のブレストがはじまった。シマジにとって生涯9本目となるロマネコンテを味わいながら。「雑誌のタイトルはバーに飾っている今東光大僧正の揮毫《きごう》した『遊《ゆ》戯三昧《げざんまい》』にして、そのタイトルの上に『勇敢たれ、楽天たれ、そしてムキになるな』と付けたいのですが、どうですか」とシマジが提案した。「面白い！　『遊戯三昧』とは、遊びのなかにこそ真実がある、ということですね。そして『勇敢たれ云々』は、たしかイートン校の校則でしたね。この雑誌を読んでいると、男は知らず知らず漢《おとこ》になっている。そんな雑誌が理想です」。「お任せください」と2人はすっかり意気投合である。

「シマジ編集長のすべてのエッセイ集は暗記していますが、まさにこの人は漢だと感動しているのは、先月85才で亡くなられた外交評論家の加瀬英明さんのエピソードです。アメリカ留学生時代に園《その》田直《だすなお》元外務大臣の通訳でニューヨークのウォルドルフ・アストリア・ホテルに常住しているマッカーサー元帥に表敬訪問したときの話。あのときの、園田直さんの行動こそ漢のお手本です」

「加瀬さんも素敵な漢でしたね。マッカーサーはシガレットボックスを2人に勧めて、マッチまで擦ってくれた。加瀬さんが灰皿を探したら、目の前の金の盃のなかに元帥が捨てたマッチがあったので、そこに灰を落とした。が、よくよく見ると、盃の底に十六弁の菊の御紋章があった。咄嗟に天盃《てんぱい》であるとわかったけれど、もう遅い。そのとき部屋中に肉の焦げるような異臭が立ちこめた。加瀬さんがふと見ると、横にいる園田元外務大臣は手のひらで煙草を消していたそうです」

園田さんは特攻隊長として終戦を迎えた。剣道、柔道、合気道合わせて10段という有段者で、背広の裏地はいつも日の丸に染めていた。「シマジ編集長、創刊する雑誌の表紙は今東光大僧正のご尊顔と、『遊戯三昧』の揮毫、イートン校の校則で決まりですね」。そのとき、シマジは激しい尿意を覚えて目が覚めたのである。こんな夢を見るのだから、心身ともに元気一杯になった証拠だろう。かくてこのコラムは無事に復活を遂げたのだった。

Part 3

華やかに、しめやかに――交遊録と追悼記

◎親の七光りより、アカの他人の七光り

シマジは親の七光りに浴したことはなかったが、「アカの他人の七光り」がシマジに射《さ》してきたときから、痛快な人生を送ってきたことは確かである。生まれ育ちではなく、周囲に良き友を持てば、彼らの威光が自身をも照らしてくれるのである。

〈島地勝彦公認バトラー〉ミズマ・ヨシオは、新宿伊勢丹ではじめてバーを開いた3年間、シマジのバトラーとして毎土日いずれかの1日を、フルタイムで働いてくれた。そして現在も、西麻布の「Salon de Shimaji」に毎週土曜日に来てくれる。それも、バトラー・ミズマはシマジと同じマンションから一緒に出勤しているのだ。シマジの元仕事場兼プライベートバーがあったマンションを、居抜きでしかも言い値で買ってくれた大恩人が、バトラー・ミズマなのである。

〈島地勝彦公認ショーファー〉サノ・ナオヒコは、シマジが横浜にある稀代《きたい》のデザイナー、ガボール・ナギのショールームに行くとき、運転手をしてくれた。シマジの人生の師匠、柴田錬三郎先生、今東光大僧正、開高健文豪の掃苔《そうたい》に毎年運転手をしてくれている。

〈島地勝彦公認運び屋〉コジマ・ヤスシは、ヨーロッパの出張ついでに、ミュンヘン在住の世界的有名バーマン、シューマンに、嵩張《かさば》る肖像画を運んでくれた。その労を尊び、「運び屋」の称号を与えた。

〈島地勝彦公認古本ハンター〉ジンボ・アキヒロは古典芸能の研究で忙しいのに、すでに絶版になった稀覯本を軽いアクビをしながら、探してくれる。実に貴重な存在だ。

〈島地勝彦公認食のストーカー〉モリタ・コウイチは、ゴールデンタンの持ち主で、シマジと美食を愉しむ仲である。

〈島地勝彦公認パソコンヘルプデスク〉サトウ・マコトがいなかったら、パソコンでこの原稿を書いていなかったろう。教えてもらうときは「マコト先生」と言っている。

〈島地勝彦公認万年筆マイスター〉タルサワ・キミヒコは、シマジの万年筆コレクションの管理人である。

〈島地勝彦公認スタイリスト〉カトウ・ヒトシは、本書Ｐａｒｔ５にも登場している広尾のブティックのオーナーである。

〈島地勝彦公認彫金師〉マスダ・セイイチロウは、シマジが10本の指に嵌《は》めているスカル・リングの専属デザイナーである。

〈島地勝彦公認料理番〉タナカ・ケンイチロウは、元帝国ホテル総料理長。シマジが食する前に必ず毒味する！　そんなことはないか。

〈島地勝彦公認専属ヘアスタイリスト〉ミヤフジ・マコトは、20年来シマジのヘア、ヒゲ、マユゲ、ハナゲを抜いてくれている。

〈島地勝彦公認愛人〉お福さんは歴《れっき》とした女装のイケメンだが、瀬戸内寂聴先生に胸を張ってこう紹介したことがある。「お福さんはシマジの永遠の愛人です」。

こうして並べてみると、道楽の七光りばかりである。七光りだからそれでいいのだ。人生は冥土までの暇つぶしだ。だからこそ、極上の暇つぶしをしなきゃ損である。

◎地獄の沙汰も人脈次第

人間はいつ何どき、がんが見つかるかわからない。強運と自負していたシマジも64歳のとき、大腸がんが見つかった。30代のころからの「島地勝彦公認主治医」の大坪謙吉先生に人間ドックの結果を診てもらったときである。先生は一瞬、顔色を変えたかと思うと、すぐにシマジの面前で、東大医学部の同級生で親友の「がん研有明病院」の武藤院長に電話した。

「武藤、わたしがいちばん仲良くしている大事なシマジさんが大腸がんになったようだ。すぐ送り込むから、診察し手術をやってくれないか。頼む！」。電話を切ると、大坪先生は笑顔でシマジにこう告げた。「いまから紹介状を書くから、待合室で待っててくれますか。明後日、武藤が直々に診てくれるそうですから。明日午後8時から絶食し下剤を飲んで、朝一番で有明のがん研に行ってください」。

検査をすると、大腸がんはかなり肛門に近いところにあった。もしかすると人工肛門になるかもしれない、と宣告された。シマジはただちに上野寛永寺の今東光大僧正の掃苔に出かけて、こう報告した。「今東光大僧正、ついにシマジも大僧正と同じ大腸がんになってしまいました」。そのあと、「シマジの大腸がん手術は大成功だった」「人工肛門は免れた」と3回、過去形で絶叫した。仏さまも忙しいから、祈願するときはこうしろ、と大僧正に教わっていたのである。

6月中旬の薄暑《はくしょ》であった。病院では武藤院長から若い黒柳先生を紹介された。「シマジさん、大坪とはゴルフをしたり、よく飲んでる仲のようですね。わたしはもう歳ですから、実際に執刀する黒柳先生を紹介します。あとは彼と相談してください」。

その黒柳先生は「この大腸がんはそう簡単に悪化しない。12月24日に入院してください」と言うのである。シマジは誰にも告げずにクリスマスイブの日に入院した。約6時間の手術後、目を覚ましたシマジは開口一番弱々しく問うた。「肛門は?」——。「大丈夫でした」と黒柳先生の声を聞いて、シマジは再び深い眠りに落ちたのである。あれから19年の歳月が流れたが、がんはどこにも転移することなく、今年傘寿になったシマジは快食、快眠、快便の毎日である。

翌年の65歳のとき、今度は国立国際医療センターに入院して、新しい「島地勝彦公認主治医」久武先生の紹介で、木村壮介先生に心臓のバイパス手術をやってもらった。木村先生はシマジの手術を最後に院長になられた。脳に繋がっている動脈と胃袋から借りた動脈を繋いで、バイパス手術は成功した。ローマから塩野七生《しおのななみ》さんが見舞いに来てくれたが、あまりのシマジの元気さに「見舞いに来た張り合いがない」と文句を言った。

そして78歳のとき、早朝、心筋梗塞に突然見舞われたのは、「はじめに」に書いた通りである。木村先生の後継者の原先生が携帯番号を教えてくれていたので、すぐさま、電話して助かった。「原先生、苦しい」と訴えると、「すぐ救急車を呼んで、うちの救命センターにきてください」と言われ、発作後40分以内に救命センターのベッドの上に横たわることができたのだ。こうした人脈が、シマジの命を救ってくれたのであって、つくづく、地獄の沙汰はカネじゃない。人との繋がりの濃密さなのだが、最近の若い人はあまり人と交わらないようだ。何でもメールやラインでビジネスライクに済ませてしまう。彼らは地獄を渡っていけるのだろうか。

◎物には限度、風呂には温度、そして俺には節度

この格言は岩手県一関市が誇る世界的に有名なジャズ喫茶「ベイシー」の菅原正二マスターが、朝日新聞岩手版に毎月1回連載していたエッセイのタイトル「物には限度、風呂には温度」から拝借して、シマジ流に敷衍《ふえん》したものである。

シマジの浪費癖は子供のころから尋常ではなかった。ご存じの通り「美しいものを見つけたら迷わず買え、迷ったら二つとも買え」など、自己弁護的な格言まで作っている。シマジ少年はお金に困ると、今風に言えば〝ママバンク〟に泣きついて助けてもらった。母親の実父は祐天寺に居を構え羽振りがよかったので、実家に行くたびに母親がおじいちゃんにお金をせびっていたのを何度も目撃していた。そのシマジを猫可愛がりしてくれた母親が胃がんで57歳のときにこの世を去った。死んだ日はシマジの誕生日の4月7日で、しかもこの世を去った時刻がシマジの生まれた時刻と同じ午前5時だった。シマジが絶対忘れないように、シマジを産んだ日の時刻まで頑張ったのだろうか。だから、その後の誕生日は、嬉しくもあり、また悲しくもある日となったのである。

さて、一関が同郷であるのに菅原正二こと正ちゃんとシマジはそれぞれが69歳、70歳のときに運命的に邂逅《かいこう》した。正ちゃんの輝かしい噂は沢山聞いていたが、直当たりするチャンスがその日までなかった。まあ、シマジの悪名も正ちゃんの耳には散々入っていたことだろう。とはいえ、男同士の友情

の発芽《はつが》に年齢は関係ない。正ちゃんもシマジも会った瞬間に、青春時代のようにお互いがかけがえのない親友になることを確信した。

コロナ禍に見舞われる前は、シマジは田植えと稲刈りに合わせて、毎年一関に1週間ほど滞在した。着いたその日からベイシー詣でを欠かさなかった。正ちゃんはシマジのために自分と同じスペシャルシートを購入してくれた。正ちゃんからは、ジャズの達人たちの貴重なエピソードを聞かされた。

「シマジ先輩、いま歌っているサッチモのドバドババなんていうスキャットは、サッチモが歌詞を忘れたから、笑って誤魔化したんですよ。でもサッチモがやるとこのようにジャズになっちゃうんだね。エルビン・ジョーンズなんかも、ドラムのスティックを落としても、そのカラカラという音がちゃんとジャズになっちゃうんだ。まあ、天才がやると何でもジャズになるのよ」

その大好きな正ちゃんとシマジには、生涯忘れることができない、どうしようもない深い悲しみが、心の底に刻まれている。シマジのひとり娘の祥子は36歳で夭折した。正ちゃんのひとり娘のわとちゃんは44歳で身罷《みまか》った。二人ともこの悲話を話し合ったことは一度もない。語り合ったところで涙の泉が枯渇しないからだ。

正ちゃんはシマジと違って「節度の人」である。２０２０年、ジャズ愛好家の間で大変な話題となった映画、「ジャズ喫茶ベイシー」が封切りになったのに、ベイシーは潔く閉店している。一関には緊急事態宣言が一度も出されたことがないのに、東京からやってくるお客さまが多いので、万が一を考慮しての英断だ。正ちゃんはいま、店のなかで独り、ジャズを聴きながら、「ステレオサウンド」の原稿を書いている。２０２４年の6月、ベイシーは開店54年を迎えた。

◎男女の恋情を超えるものは、物書きとファンの友情

この夏、2024年パリオリンピックを観ながら、3年前、57年ぶりの「東京オリンピック」の開会式を観て、あまりの軽薄さに失望したことを思い出してしまった。

五輪のようないくらでも金を使える国家的セレモニーには不可欠な圧倒的な美しさ、演出への驚愕、それに伴う感動、感涙の場面が一つもなかったのだ。シマジは自分が演出を担当していたら、と妄想した。入場行進はアメリカで活躍中の大坂なおみと八村塁の2人に「JAPAN」のプラカードを持たせたかった。あんなマンガの吹き出しみたいなプラカードではなく、もっと荘厳で、際立つセンスのプラカードである。

聖火ランナーのラストスリーランナーに懐かしの長嶋茂雄と王貞治そして付き添いの松井秀喜が出てきたのはよしとして、その次には東日本大震災の年に生まれた10歳の元気な子供たちを走らせたかった。最終ランナーはやっぱり、大谷翔平。不可能なことを可能にするから大衆は「おお!」と響動《どよ》めくのだ。シマジはロンドン大会の開会式で007のダニエル・クレイグがエリザベス女王と空からヘリコプターで現れる演出に度肝を抜かれた。リオオリンピックのときに安倍晋三前首相がスーパーマリオになって現れたのは、彼のどんな美辞麗句のスピーチにも勝《まさ》った。

翌日、開会式を観たローマ在住の塩野七生さんから「日本はどうなってしまったのかしら!?」と落胆の電話があった。シマジは「日本でいま世界に自慢できる文化は、マンガしかなくなってしまった

んでしょう。ますます〝子供の国・日本〟化しつつあります」と答えた。

眠っていても凡庸なる開会式を思い出して歯ぎしりしていたのだろうか、朝、入れ歯を嵌めようとしたら、痛くて上手くフィットできなかった。現在、上の歯茎には左右の糸切り歯が2本しか残っていないのだが、その右の糸切り歯がグラグラして痛い。

でも強運のシマジには「歯の神さま」が付いている。島地勝彦公認歯科医アオキ・ミキオ先生、通称ミッキー先生である。青木先生の携帯に電話すると、「シマジさん、申し訳ないですが、今日はぼくの53歳の誕生日なんです。休診にしていて、これから3件の誕生パーティーをこなさなきゃいけないんです。なので、明日の夜8時に迎えに行くから、それまで痛み止めと抗生物質で我慢してください」と言うのだ。

仕方がないので、シマジは2日間、スープストックのヴィシソワーズと成城石井の白粥を購入して凌いだ。そして日曜日、青木先生は、午後8時ちょうどに愛車のジャギュアで颯爽と現れ、シマジを乗せると、高速道路を飛ばしに飛ばし、よみうりランド駅前にある青木病院に30分で到着した。麻酔を打つときだけちょっと痛かったが、あっという間に上右の犬歯を抜き、手際よく借り歯をつくってくれた。それを嵌めて入れ歯を調整。すべてが終わったのは10時近かったが、また愛車で広尾の自宅まで送ってくれたのである。

「明日からまた、シマジさんの大好きな〝大牢《たいろう》の滋味《じみ》〟を食べられますよ」。ミッキーは、わたしのすべての著作を読んでいる熱狂的な〝シマジ教〟の信者である。ありがたいことだ。男女の仲を超える情の深さというものが、儚《はかな》い世の中だからこそ、ときとしてあるのだ。

◎人脈を拡げるためには、「直当たり」に勝るものはない

人と人が直接会って目と目を見つめ合いながら、話すことを「直当《ちかあ》たり」という。いま流行のテレワークでは、到底考えられない濃密なコンタクトだ。もちろん直当たりして気が合わないというか、相性が悪い相手にぶつかることもある。だが、83年間の人生を振り返ってみると、直当たりしてよかったということのほうがはるかに多い。

シマジが集英社の子会社「集英社インターナショナル」の代表として働いていたころ、熱狂的なファンでもあるローマ在住の作家、塩野七生さんに、どうしても直当たりしたくなった。ちょうどシマジが60歳のときである。そのころ集英社インターナショナルは、『痛快シリーズ』なるものを出していた。いろんなジャンルの泰斗に登場してもらい、講義を本にまとめる企画だが、シマジ社長自ら担当編集者を連れて先生たちのもとに通い、質問をした。そのなかからいくつかのベストセラーが出た。中谷巌教授の『痛快！経済学』、坂村健教授の『痛快！コンピュータ学』、瀬戸内寂聴さんの『痛快！寂聴仏教塾』等々である。いまでも集英社文庫で発売されている。

そのシリーズのなかに塩野七生さんの『痛快！ローマ学』が入ったら、どうだろう。このシリーズはさらに重みを増すのではないか、と閃いた。そこで塩野さんに直当たりするために、シマジは和紙に筆を用意し、墨でありったけの情熱を込めた文をしたため、ローマに送ったのである。直当たりを

成功させるにはこれくらいの図々《ずうずう》しさが必要だ。

10日ぐらいして塩野さんから直接電話がかかってきた。内容は「シマジさんの意図はわかりました。では、ローマまでいらしてください。スペイン広場の下にあるホテル・アングリテッラのラウンジで、1週間後の午後2時にお会いしましょう。ただし時間は30分しかありませんが、よろしいですか」。

「もちろん、喜んで伺います！」とシマジは喜々として答えた。

30分とは短いが、そんなことで逡巡《しゅんじゅん》するようなシマジではない。約束の日の2日前にローマに飛んだシマジは、久しぶりに古代ローマの遺跡フォロ・ロマーノを何年ぶりかで訪れて、ツワモノどもの夢の跡を偲んだ。そして運命の当日、午後2時ちょうどにお洒落な塩野七生さんが颯爽《さっそう》と現れた。「うちから歩いてきたのよ」と仰《おっしゃ》った瞬間、シマジは気が合うなと感じ取った。シマジは知っている限りのレトリックを使い、塩野さんのこれまでの作品を絶賛した。またシマジは塩野さんの全作品を読破している熱狂的なファンであることも強調した。確か、その年は『ローマ人の物語』の第8巻が発売されたころであった。ふと時計を見たら3時を過ぎているではないか。

「塩野さん、申し訳ありません。もう約束の時間を過ぎてしまいました！」

「シマジさん、いいのよ。あなたの話は愉《たの》しいからこのまま続けましょう」

これはシマジの想像だが、塩野さんははじめて会う人には誰にでも「30分しか時間がない」と言っておいて、本当につまらなかったら、30分で引きあげてしまうのではないだろうか。こうしてシマジは最初の直当たりの面接に合格したのである。それから1年後、待望の塩野七生著『痛快！ローマ学』が上梓された。

◎90歳の篆刻家《てんこくか》は臈長《ろうた》けた美しい女性だった

シマジは80歳になった祝いに当代一流の篆刻家に、新しく篆刻印を彫ってもらおうと考えた。そこで御徒町で三代も続いている刃物店の岡安さんに相談した。

「岡安さんは石に彫る彫刻刀も扱っていますね。どなたか一流の篆刻家をご存じですか」

「いますよ。一流と言えば小田玉瑛先生がいいかな。でも彼女は高いですよ」

「値段はともかくお会いしたいです」

「ちょうどいい。近々、鳩居堂で玉瑛先生のグループの展示会があります。そこでご紹介しましょう」

鳩居堂でお会いした玉瑛先生は、90歳にはまったく見えず、若々しく活き活きとして着物がよく似合う、臈長けた美しい女性だった。展示された篆刻のなかで、シマジには玉瑛先生の作品がひときわ秀逸に見えた。さっそく、高輪の工房兼お住まいのマンションにお邪魔する約束を交わした。その日は岡安さんも同行してくれることになった。

玉瑛先生の山田マネジャーは風祭竜二のマネジャーでもあった。まさに縁は異なもの乙なものである。約五十数年前、シマジが「週刊プレイボーイ」で今東光大僧正の「極道辻説法」を連載したとき、まだ無名だった風祭竜二のイラストを採用したのだ。風祭竜二というペンネームはそのときシマジが命名した。そんなわけで玉瑛先生のご自宅で風祭竜二と50年ぶりの再会を果たしたが、男と男は昨日別れたかのごとく会えるものだ。風祭竜二はいまや切画《きりが》の第一人者である。

玉瑛先生は美味しい手料理と日本酒を振る舞ってくれた。

「ところでシマジさんは何を彫りたいんですか」と玉瑛先生が訊いてきた。「はい。『法螺吹男爵《ほらふきだんしゃく》』と先生に彫ってもらいたいのです」「それなら男爵ではなく山人にしたほうが典雅ですね」「御意！」。

シマジはすぐ納得した。

「ではここに沢山の石があります。シマジさんのお好きな石を選んでください」

シマジは宝石のような石を選んだ。玉瑛先生に手渡し、小さな声で「おいくらですか」と訊いた。

「そうですね。石だけで15万円はするかしら」。

シマジは心のなかで暗算し、まあ玉瑛先生の原稿料と合わせて25万円かな、お礼を含めて30万円をお支払いしよう、と決心したときだった。

「シマジさんは今東光さんとお親しかったそうですね。わたくしも若いとき可愛がられましたのよ。篆刻印は4個彫りましたかしら。シマジさんに会えたのは、きっと今さんのお導きでしょう。ですからこれは、わたしからの気持ちとして受け取ってください」

岡安さんの驚く顔が向こうに見えた。シマジの大好きな依怙贔屓《えこひいき》がなされた特別な瞬間だった。

「せっかく『法螺吹山人』という篆刻印を彫って落款《らっかん》としてお使いになるのなら、関防印《かんぼういん》〈文の右上に押す印〉として今さんのお好きな『遊戯三昧《ゆげざんまい》』を白文で彫りましょうか」

今東光大僧正は亡くなる10カ月前に「遊戯三昧」と書いてくれた。その書は額装されて、うちのバーに飾ってある。こうして人の縁は繋がっていくのだ。繋げるのは仕事ではない。今回のそれは、篆刻を持つ風流人のたしなみであった。

◎依怙贔屓《えこひいき》されたら即、依怙贔屓の倍返しを！

いまシマジは2枚の名刺を持っている。1枚は西麻布のオーナーバーマン&エッセイストの名刺で、もう1枚は「SASAKAWA WHISKY 株式会社 富嶽蒸溜所、名誉顧問」である。社長の笹川正平さんは笹川陽平さんの4男坊。笹川良一さんのお孫さんである。先祖は日本酒の造り酒屋だったそうだ。隔世遺伝が騒いだのか、41歳の正平さんは、突然、脱サラしてウイスキー蒸留所を造ろうと一大決心した。シマジはこういうロマンチックな愚か者が堪らなく好きだ。その彼から名誉顧問就任を頼まれ、快諾したのである。

すると、シマジは閃いた。いずれ完成するSASAKAWA WHISKYのボトルのデザインを切画《きりが》の大御所、風祭竜二の赤富士に頼み、そこに当代随一の篆刻家《てんこくか》、小田玉瑛先生の揮毫《きごう》を合わせたらどうだろう？ 「週刊プレイボーイ」時代から長い付き合いの風祭からは、先だって、こう言われていたのである。「シマちゃん、ぼくが切った赤富士の複製を差し上げるから書斎に飾ってくれないかな」。

風祭竜二の富士シリーズには感動していた。シマジは玉瑛先生と風祭竜二の共通のマネジャーである山田圭子さんに相談した。「それではまず笹川社長を風祭のアトリエに案内して、いろんな切り絵を見ていただくのはどうでしょう。そのあと玉瑛先生の工房に行きましょう。多分シマジさんの篆刻印章が完成していると思います」。

その日、笹川社長は秘書の森部紘子さんを伴って、ベンツのSUVでシマジを迎えに来てくれた。「正平ちゃんはどうしてこんな大きなクルマに乗っているの」と訊くと答えが奮《ふる》っていた。「わたしの家族はわたしを入れて7人なんです。ですから7人乗りのSUVでないと乗り切れないんです」「じゃあ5人の子供がいるんですか」「はい。結婚10年目で5人もつくってしまいました。妻から『そろそろ子宮休暇をください』と訴えられています。はい」。さすがは怪物笹川良一の孫である。

風祭のアトリエは書籍の山だった。「シマちゃんが若いとき『本を乱読することがいちばん大事だよ』と言われたので、あれからこんなに読んだのさ」。そして、布に包まれて箱に入った赤富士を観せてくれたのだ。「正平ちゃん、どうです。気に入りましたか。こういう感じの富士山をラベル用に切ってもらったらどうですか。風祭、青富士も観せてくれる?」。

同じように箱から出して社長と秘書に観せた。そして風祭が言った。「これはお2人にプレゼントしましょう」。2人は歓喜してのけぞった。

それから舞台は小田玉瑛先生の工房へと移った。約束の2つの篆刻印章が惚れ惚れする形で完成していた。しかも右上の押す関防印は白文と朱文2つあった。さらなる依怙贔屓である。

笹川社長を玉瑛先生に紹介して揮毫をお願いすると、「わたくしでよければ喜んでやりましょう」とおっしゃってくれた。これでシマジは依怙贔屓の倍返しができたのである。玉瑛先生は「わたしの唱える『人生納豆論』ってご存じ。ご縁のある方は必ずこうしてくっついてくるのよ」と笑った。それぞれが倍返しをすれば、経済も倍々ゲームで膨らんでいく。

◎オンラインの会合では運も縁も生まれない

博多に素敵なピアノバー「セニオールリオ」という店がある。２０２２年の過日、そこでは厳正に選ばれた常連客30名がシマジの登場を待っていた。そこで「人生は縁と運、上質な脳みそに裏打ちされた依怙贔屓である」という講演をしたのである。その日、バトラー水間とシマジは、ＪＡＬで羽田から福岡空港に飛んだ。この講演の仕掛け人は、漫画「キャプテン翼」や「ＪＩＮ―仁―」の生みの親で、集英社の常務まで上り詰めた名編集者、通称クンタこと鈴木晴彦である。講演の前にシマジの馴染みの料理人、天野重義さんが新しくオープンした「はかた一」で博多の大牢の滋味を賞味した。とくにノドクロが出色だった。

その「はかた一」から歩いて数分に「セニオールリオ」がある。今年で開業して49年になるピアノバーは凝りに凝った店で、重厚なカウンター、天井のステンドグラスが美しい。

「へえ！　わたしが生まれたころにこの店はオープンしたんですか！」とバトラー水間は驚いていたが、鮫島聡子オーナーママはこう答えた。「わたしはオープンのときからここで働いています。創業者が亡くなったときに、わたしを可愛がってくれていた創業者夫人の大ママから〝あなたがやりなさい〟と言われたんです。きちんと登記し、代表として切り盛りさせていただいています」。まさしく、運と縁と依怙贔屓ではないか。

「どうしてまた、シマジさんの講演会を開くことになったのですか」とバトラー水間。「２０１８年の2月10日、常連のお客さまが集英社のクンちゃんを連れてきてくれたんです。クンちゃんのお名刺を見て、『集英社と言えば、わたし、シマジ先生の大ファンですが。鈴木さんは交流がおありですか』と尋ねたんです。するとクンちゃんが『シマジさんはわたしの兄貴分です。いまシマジさんに電話入れますよ』と言ってくださって」。これもまた、糸を手繰るような縁である。聡子ママは、病院の待合室で雑誌に連載していたシマジのエッセイを読み、気に入ってくれたそうだ。なぜなのか、このコラムを連載している「日刊ゲンダイ」の担当者はすぐ「わかる」と言った。「バーは人が交わる場所ですからね。鮫島さんもシマジさんのように運と縁を実感されているんだと思いますよ。だから、お互いピーンと来たんじゃないですか。まさにバーカウンターは出会いの場であり、人生の勉強机ですね」。

その夜いらした30名のお客さまは目を輝かせながら聴講してくれた。何人かと名刺を交換したが、見覚えのある懐かしい名前もあった。聡子ママがシマジの本をまとめて購入すると、お客さまの名前を挟んで送ってくれて、それにサインをして送り返していたのである。なかにはシマジより2歳上の会長もいた。この方はオープン以来の常連だそうだ。

「81歳のシマジは体験的に『人生は運と縁と依怙贔屓である』と確信しています。ここに集う30名のお客さまたちは、強運も良縁も依怙贔屓もたっぷり味わってこられた方たちでしょうが、生まれ持っている強運も使っていくとだんだん目減りするものです。そういうときは掃苔して運気をチャージしましょう」――オンライン会議とやらでは運も縁も生まれない。それを実感した熱いリアル講演会であった。

◎文豪・柴田錬三郎先生が水をかけられた日

眠狂四郎の生みの親、柴田錬三郎先生の命日は6月30日である。毎年の恒例行事である掃苔《そうたい》は46回目を迎える。これは2年前の2022年のこと。その年もひとり娘の美夏江さんとご一緒した。

お墓は都内小石川の無量山伝通院にある。ひときわ目立つ墓のデザインは、若き日の横尾忠則さんによる。「週刊プレイボーイ」で柴田先生が「うろつき夜太」という時代小説を連載する際、シマジの閃きで挿絵を横尾忠則さんに依頼した。モノクロの活字が並ぶ活版のページである。横尾画伯もモノクロで挿絵を描いてくれるものと思っていたが、とんでもなかった。天才・横尾忠則は4色グラビアページを6ページくれない限りこの仕事は引き受けないと言い出したのだ。

シマジはそのアイデアを「面白い」と感嘆して、柴田先生に伝えると、同じように「面白い」と感心してくれた。当時、シマジは活版班だったが、おかげでグラビアの入稿も担当する〝両刀遣い〟になったのである。連載の1年間は興奮の毎日だった。そして、連載が終了したとき、横尾画伯が「シマジ君、よく1年間頑張ってくれた。お礼に1枚あげるから、どれでも選んでいいよ」と言われた。シマジは迷わず夜に咲く蓮の花を選んだ。リキテックス社の絵の具で描かれた絵はいまもサロンドシマジのバックバーに燦然《さんぜん》と飾られている。

柴田先生と横尾画伯は年が親子ほど離れていたが、昵懇《じっこん》の仲になり、缶詰め先の高輪プリンスホテルの茶店シャトレーヌで四六時中語り合っていたものだ。シマジはまさにその月下氷人《げっかひょうじん》の役を演じたのである。

柴田先生とは何度も愛媛県の奥道後ゴルフクラブの招待も受けた。四国の大将、坪内寿夫さんは柴田先生に惚れ込み、しょっちゅう来てもらうために、「たった一人のゴルフ場」を造ったのだ。柴田先生は当然女にモテモテだったが、男にもモテた。瀬戸内海を望む見事なゴルフ場で、柴田先生が亡くなられた後、青木功プロと何度かプレーした。ゴルフ場に隣接するホテルでは柴田先生は襖1枚を隔てた部屋で週刊新潮の連載、「眠狂四郎」を書いていた。400字20枚の原稿を約2時間くらいで書き下ろしてしまう。しかもあの難しい漢字を辞書も使わずさらさら書く。驚いたシマジは柴田先生に尋ねた。

「どうしてそんなに難しい漢字をご存じなんですか」

「シマジ、おれは慶應で奥野信太郎から中国文学を習ったんだよ。しかも中国文学部の学生はたったの2人だったので、奥野さんはよく、行きつけの料亭で講義してくれた。そうしたら、『柴田君、悪いけど明朝8時にここに迎えに来てくれないか』とも言われてね。料亭に行き、一緒にご自宅まで送って玄関を開けたら、奥さんにバケツで水をぶっかけられたことが何度もあった。奥野教授の代わりに水をかけられたんだけどね」

そのころの教授と学生はおおらかなものだった。こんな師弟関係であれば、勉学の意欲も湧くのだろうが、両者とも常人ではなかったのだろう。いま、柴田錬三郎を読んだことがない人ばかりなのは、残念でならない。その小説にちりばめられた言葉は一つひとつが中国の歴史のように深く、紡《つむ》ぎ出される物語の重厚さに打ちのめされることは間違いない。

◎天才、横尾忠則さんがデザインした墓

シマジの人生の最初のメンターである柴田錬三郎先生は61歳の若さで亡くなった。肺性心が死因である。慶應病院で息を引き取られたのは、前回も書いたように1978年6月30日の払暁であった。いまはもうない銀座の文壇クラブ「ラモール」のポンママから一報が入り、シマジは慶應病院の特別室に駆けつけた。病室には威厳を保ったエイ子夫人とひとり娘の美夏江ちゃんがいらした。外はしとしと雨が降っていた。

それから45年後の2023年6月30日、集英社の堀内丸恵会長が毎年広尾のシマジの自宅に回してくれる帝都ハイヤーに乗って、午後3時に高輪の柴田家に美夏江ちゃんを迎えに行った。そして、柴田錬三郎先生が眠る無量山伝通院寺経寺に向かった。お墓に刻んである名前は齋藤家とある。三男坊だった柴田先生は仏文学者の齋藤磯雄先生と文学仲間だったこともあり、齋藤先生の妹さんのエイ子さんと結ばれ、婿となったのである。

シマジがまだ「週刊プレイボーイ」のペイペイの編集者だったころ、柴田錬三郎先生に時代小説「うろつき夜太」を書いてもらった。その挿絵は天才、横尾忠則さんにお願いし、カラー6ページを使った。そんな縁で横尾天才はシバレン先生のお墓のデザインも引き受けてくれた。

6月30日は朝からいまにも雨が降り出しそうな空模様だったが、美夏江ちゃんがお花を持参し、シマジはいつものように白檀《びゃくだん》の線香の束を用意した。それをいまでは使っていない蒔絵が描かれた葉巻

の筒状の容器に入れて持参した。りんどうの花を手向けて白檀を焚いた。

「柴田先生、美夏江ちゃんはもう数日で83歳になり、シマジは82歳になりました。先生とは13年間の短いお付き合いでしたがダンディズムをしっかり教わりました。それを基調としたシマジ教をバーカウンターで多くの人たちに教えています。柴田先生に揮毫していただいたアンリ・ド・レニエの詩の一部『まことの賢人は砂上に家を建つる人なり』をバーに飾っています。柴田先生が『眠狂四郎』のなかで書かれた『浪人の肩とがりけり秋の暮れ』の揮毫も飾っています」

　それから2人は開店前のマサズキッチンの個室に向かった。

「うちの父から『おれは自分の仕事の小説を書くから、美夏江、お前の仕事は勉強することだよ』とよくいわれたものよ。ところでシマジさんは父の作品のなかで、何がいちばんお好きですか」

「それは『赤い影法師』です」

「父もわたしも『赤い影法師』は大好きでしたわ」

　美夏江ちゃんは料理を少しずつ残したが、すべてをテイクアウトして持ち帰った。いつもなら西麻布のバー、サロンドシマジでコーヒーを一杯飲むところなのだが、その日は前日の捻挫がかなり痛いらしく、自宅に帰られた。

　サロンドシマジのカウンターではシガレットは禁煙。堂々と吸われるのは天下広しといえど、塩野七生さんと美夏江ちゃんの2人だけである。

◎目減りした運気を補填するには「掃苔《そうたい》」に限る

あるとき今東光大僧正が宣った。「シマジ、おまえが持っている運なんて、貯金が目減りするように減っていくもんだ。そういうときどうするか。それは掃苔に限る。覚えておけよ。おれが入寂して、おまえが困ったときには、いつでもおれの墓にくればえーさ。法力で、強烈な運気をチャージしてあげるぞ」。この有り難いお言葉に甘えて、シマジはいままで100回近く上野の東叡山寛永寺に通っている。大僧正自らデザインしたお墓の前で手を合わせ、教わった通りに祈念したいことを過去形で三回唱える。何度これを繰り返したことか。今東光大僧正の命日は9月19日である。いまでは嬉しいことに、シマジ教徒たちが一緒にお参りしてくれている。

むかしは独りで掃苔に行ったものだが、いまでは島地勝彦公認バトラー水間とショーファー佐野が、いつでも同行してくれるのだ。3人に合い言葉がある。「趣味は何ですか」と誰かに尋ねられたら、3人揃って「掃苔です」と応答する。「えっ！　早退ですか」「いえいえお墓参りです」。

墓参りは面倒なことだと思っている人が大勢いる。死者に時間を割くのはもったいないのだろう。しかし、親戚の目もあるから、仕方なく墓参りする。余計に面倒くさくなる。そうではないのだ。墓参りはすればするほど、運気が上がる。そう考えれば、愉しくなる。墓参りで運が開けるのであれば、お安いものだ。

柴田錬三郎先生は小石川の無量山伝通院寿経寺に眠っている。命日は6月30日だ。毎年、ひとり娘の美夏江嬢と掃苔に通っている。命日の一週間前に、われらが〝掃苔トリオ〟はお参りするのだ。はじめてバトラー水間とショーファー佐野が訪れたとき、「デザイン・横尾忠則」という字を見て、2人は同時に「すげえ！」と驚愕していた。

開高健先生のお墓は北鎌倉の円覚寺にある。正式名は瑞鹿山円覚興聖禅寺という。その境内の松嶺院の高台に文豪は眠っている。命日は12月9日。開高文豪が亡くなられてはや35年が経つ。

まだシマジには毎年掃苔に訪ねるお墓が他に2カ所ある。一つは1985年亡くなられた恩人、集英社の本郷保雄専務のお墓だ。命日は6月16日。小平霊園に眠っている。本郷さんはキリスト教なので、墓石には「本郷家」と簡素に書かれているだけだ。だから白檀《びゃくだん》の線香を持参しても立てるところがない。それでも一炷《いっちゅう》くゆらせる。

もう一つは集英社時代いちばん可愛がってくださった若菜正社長のお墓である。川崎市多摩区南生田にある春秋苑に眠っている。若菜さんはシマジと一緒にコンコルドに乗ってパリのドゴール空港からニューヨークのケネディ空港まで飛んでくれた。命日は5月10日。

最近またもう一つ、掃苔するお墓が増えた。このコラムが連載された「日刊ゲンダイ」を創刊した川鍋孝文社長が眠る多磨霊園のお墓である。シマジより5歳先輩だった。惜しくも9年前、79歳で亡くなられた。命日は9月17日。案内してくれたのは日刊現代の現社長、寺田俊治さんである。生前、集英社のシマジを講談社時代の川鍋さんは可愛がってくれた。シバレン先生の取り持つ縁だった。

「僭越ながらシマジはいま日刊ゲンダイで書かせていただいております。精魂尽きるまで頑張ります」と、心のなかで念じた。秋なのに汗ばむ日で墓石に水をかけて素手で洗うと、温かかった。

◎掃苔すると、奇跡が起こる

12月9日は文豪開高健先生の命日である。毎年お参りしている臨済宗大本山円覚寺の掃苔ブラザーズは、熱狂的な開高ファンの島地勝彦公認運び屋のコジマ、公認バトラー・ミズマ、公認ショーファー・サノとシマジの4人である。

今年は命日の9日にシマジの小さな講演が入っていたので、前倒しで8日に変更してもらった。しかし運悪く早朝から激しい暴風雨に見舞われた。11時30分に広尾のマンションのエントランスに集合したときは、まだ雨脚も風も強かった。4人揃ってマサズキッチンでシマジ特製チャーハンと杏仁豆腐を食べてから、風雨のなか一路、円覚寺へ向かった。

「まあ、雨の掃苔も風情《ふぜい》があっていいじゃないか」とシマジは車中で負け惜しみを言った。

ところがウインドウに打ち付けるように降っていた雨が、横浜を通過するころから少しずつ弱くなり、円覚寺の前の駐車場にクルマを滑り込ませるころには、止んだのである。

松嶺院に眠る開高文豪のお墓はまずサントリーウイスキーのポケット瓶で清める。その後、白檀の線香とパイプタバコのヘレニズムを炷《た》いた。本当に雨が上がってよかった。

「じつはシマジさん、11月2日にぼくが松嶺院を訪れたときは、門が閉まっていて、中に入れなかったんです。そんなことってあり、ですかね」とショーファー・サノが言い出した。

「わたしはいままで100回以上通ってるけど、松嶺院が閉門だったことは一度もないけどねえ」とシマジ。「ぼくが11月3日にお参りしにきたときは開門されていましたよ」と運び屋のコジマ。

帰りがけ入り口で訊いてみることにしたのだが、入り口の関係者は「滅多にありませんが、多分、松嶺院で法要があったのでしょう。そのときは関係者以外は入れません」と言う。「まあサノ、運が悪かったとしか言いようがないね」とシマジが慰めると。「サノさん、女性と2人で来たんじゃないですか」とバトラー・ミズマがチャチャを入れる。「開高文豪がヤキモチ焼いて閉門したんですよ」とコジマが畳みかける。サノは「まあまあ」とゴマカし、愉快な掃苔のひと時は過ぎた。

驚いたのはそのあとで、掃苔ブラザーズが帰りのクルマに乗り込むと、その瞬間、また雨が降りはじめたのである。

「開高先生ありがとうございます」とシマジは声を出してお礼を述べた。「シマジさん、開高先生との数々のジョークの応酬で、気の利いたジョークを思い出して、一つやってみてください」とコジマ。

「じゃあ、お言葉に甘えてやるか。開高文豪がこう宣われた。『新入社員の新聞記者が、記事はできるだけ簡潔に書けとデスクに言われて、書いた。〈トム・スミス氏は、昨夜9時、自宅のガレージにて愛車の燃料タンクにガソリンがあるかどうか調べるため、マッチをすってみた。あった。享年44歳〉』ってね」

「アッハハハ、何度聞いてもブラックな傑作ですね」と3人は笑ってくれた。他の章でも触れているが、シマジと開高文豪は『水の上を歩く？ 酒場でジョーク十番勝負』という対談集を出している。

いま振り返れば、こうしたお付き合いができたことも奇跡である。

◎瀬戸内寂聴さんほど万人に愛された尼僧はいなかった

２０２１年11月９日、瀬戸内寂聴さんが99歳で入寂された。翌年の５月15日で百歳になる前の残念な永眠であった。寂聴さんはシマジより19歳年上である。急速に昵懇になったのは、今東光大僧正の一回忌を上野寛永寺でシマジが取り仕切ったときだった。今きよ未亡人の要望で会費を５０００円にした。三越の仕出しを取ったのでかなりの赤字が出てしまった。暫くして寂聴さんは定宿にしているパレスホテルにシマジを呼んで尋ねた。

「あの法要の料理と人数で会費が５０００円では安すぎます。赤字の分はどなたが払ったのですか」

「じつは１００万円に近い赤字が出ましたのですが、集英社の若菜常務にお願いして払ってもらいました」

シマジは正直に告白した。

「わかりました。三回忌から赤字の分はわたくしに払わせてください。今先生にわたくしは得度してもらい、寂聴という法名をいただいたのです。せめてもの恩返しをさせてください」

今東光大僧正の法名は春聴という。それから三回忌も七回忌も十三回忌も寂聴さんは物陰にシマジを呼んで、手の切れるような一万円札で１００万円渡してくださった。

「シマジさん、僧籍の者からお布施を受け取るのは、この世であなただけですよ」と寂聴さんは莞爾《かんじ》と微笑みながらそう言われた。

2006年に寂聴さんは文化勲章を受章した。文化庁からの知らせを電話で受けたとき、たまたまシマジは岩手県浄法寺町の天台寺でご一緒していた。

「シマジさん、いまわたくし、文化勲章をいただいちゃったわ」

「おめでとうございます」と言い、寂聴さんを荘厳に抱擁した。寂聴さんの目には薄《うっすら》らと涙が浮かんでいた。若いころはスキャンダラスな不倫作家と揶揄されたこともあった。奔放な性の表現が物議を醸した。そうした寂聴さんの波瀾万丈の人生に文化勲章とは、寂聴さんにも万感の思いがあったに違いない。横にいたシマジも泣きそうになったのは、寂聴さんのご苦労、それを超越した強さ、やさしさ、分け隔てのない愛を間近で見させてもらったからである。

「今日も5000人を前にやられている、青空法話が認められたのでしょう」

「多分、そうかもね」

シマジが新宿伊勢丹で土日バーマンをやっていたとき、寂聴さんから「是非行きたい」との連絡があった。伊勢丹の責任者に話すと「デパートが大混乱になるから止めてください」と言われた。寂聴さんは残念がった。そこで、シマジが、西麻布にサロンドシマジをオープンしたとき、いの一番の寂聴さんにお知らせしたのだ。「今度こそシマジさんのバーに行けるわね」「〝瀬戸内寂聴先生御席〟というプレートを貼り付けた革張りの特製の椅子も用意しております」「嬉しいわ。必ず行きます」。

しかしコロナの蔓延のため延期になり、ついに見果てぬ夢に終わった。「寂聴さん、沢山の愉しい思い出、有り難うございました」と心で言うと、その席に寂聴さんが座られているような気がするのである。

◎女房の目には英雄なし

読者諸君、今年の初夢は何をみましたか。シマジの初夢は、若いとき意気投合したプロゴルフ界のレジェンド、青木功プロとの再会だった。はじめて青木プロに会ったのは、まだ「日本版PLAYBOY」の副編集長をやっていたころ、売り物のプレイボーイインタビューに登場してもらったときである。シマジは大の青木ファンだったので、初対面のとき「青木先生」と思わず言ってしまった。「先生は勘弁してよ」と青木プロが応えた。

約5、6時間の長時間インタビューで、青木プロはシマジを気に入ってくれた。その後、飲食を共にするようになり、沖縄合宿にも誘ってもらった。このとき、「青木功・五輪書」というゴルフのテクニック本を作ろうと閃いた。青木プロが「ゴルフの宮本武蔵」に思えたのだ。写真は立木義浩巨匠に、文章はゴルフジャーナリストの菊谷匡祐さんに快諾してもらい、一緒に沖縄に乗り込んだ。

そのころには「アオちゃん」「シマちゃん」の仲になっていた。

「シマちゃんとおれは身体が違いすぎておれのスイングテクニックは教えられないけど、パッティングは教えてあげよう。普通はストロークで打つんだが、おれのパッティングはタッピングって言って上からコツンと打つんだよ。この打ち方だとあまり芝の芽に影響されない」と、手取り足取り教えてくれた。

おかげで、シマジは後に、敬愛してやまない文芸春秋の堤《つつみ》堯《ぎょう》尊兄《そんけい》（元常務）から「シマジはティーグラウンドでは哲学者のような顔をしているが、グリーン上では賭博者の顔になる」と言われるようになった。パッティングの名手になったのである。

2週間の合宿の間、アオちゃんは一度もクラブの飲み代を払わせてくれなかった。シマジがママを呼んで集英社で払うと言うと、「あなたは今年1回限りのお客でしょう。もしシマちゃんから勘定を取ったら、二度と来ないと青木さんから言われているの。青木さんは毎年いらっしゃる大事なお客さまなの」とたしなめられた。そんなわけで出張費はほとんど使わず、シマジとしては珍しく大半返金したほどである。

当時の賞金王、青木功プロと、アマチュアで6回も全国制覇した中部銀次郎さんとの対談を企画したこともある。中部さんと一緒にプレーしているときに閃いたのだ。

中部さんは「アオちゃんとシマちゃんは本当に淫し合っているだね」と感嘆していた。

ところが、アオちゃんが再婚すると「シマちゃん、ごめん、女房から『プレイボーイのシマちゃんと付き合わないで』と言われてしまったんだ。ごめん」と言うではないか。「プレイボーイ」は雑誌名なのに、勘違いされたのだろうか。シマジは不良の悪友と思われたのかもしれない。世界のアオキをしても「女房の目には英雄なし」である。

初夢では、そのアオちゃんが西麻布のバーにやって来た。しかもたまに一人でいらっしゃる宇治重喜マネジャーと一緒だった。島地のバーのトイレには一緒に回ったスコアカードや写真が飾ってある。正夢になって、それを見て欲しい。「大事な写真はトイレに飾れ」とは、開高文豪のお言葉である。

この初夢が正夢になった話は、次回に。

◎男と女とは違い、男同士は40年ぶりに再会しても昨日別れたように会える

薄暗いサロンドシマジのバーに「シマちゃん」という懐かしい声が響いた。突然、あの青木功プロが入ってきたのだ。シマジも「アオちゃん」と叫び返した。アオちゃんとシマちゃんは前回に書いた理由で、泣く泣く会えなくなった。約40年振りの再会である。しかし、互いの熱い想いがそうさせたのか、まるで昨日別れたような感じで会話ははじまった。

「うちの宇治マネジャーからシマちゃんがバーを開いたことは聞いていたんだ。ビックリさせようと思って黙って来た」「アオちゃん、ありがとう！　じつはおれの今年の初夢は、アオちゃんがこのバーにやって来た夢だったんだよ。それが正夢になるなんて、信じられないくらい嬉しいよ」「それにしてもシマちゃん、凄いバーを作ったもんだね。何か美味いウイスキーを飲ませてよ」「ではアオちゃん、サントリーが依怙贔屓《えこひいき》でボトリングしてくれた響21年プラス、知多の樽でさらに6年間熟成させたものを飲んでくれる」「サントリーの依怙贔屓ボトルか。それをいこう」。

バーマン松本はシェーカーを取り出すと、いつものようにウイスキーと水を一対一にし、氷を加えて振って出した。「ではみなさま、わたしが『スランジ！』と言いますから、ご一緒に『スランジバー！』とご唱和ください」。アオちゃんの他に、宇治マネジャーと事務所の村田さん、向かいの中華料理中《しん》中《しん》のママもいた。4人が「スランジバー」と杯を挙げた。

「シマちゃん、うん、美味いウイスキーだ。さすがに依怙贔屓の味がする」「ありがとう。ところでアオちゃんはいままでプライベートを含めて、ホールインワンは何回やったの」「16回、公式の試合では12回かな」「ザ・グレンイーグルスでの日英対抗戦、あのときのホールインワンは凄かったよね」「ご褒美で、そのホールに近接するコンドミニアムを貰ったんだよ。でも、外国人が所有するとべらぼうに税金がかかるんだ。それで世界ゴルフジュニア協会に寄付した。なかなか豪華なコンドミニアムだったよ」「アオちゃん、それは気前がいい善行をしたね。世界のアオキの名が未来永劫残るし、ジュニアの選手も青木プロがホールインワンで勝ち取ったコンドミニアムとなれば泊まりたくなるよ」「そうなんだ。毎年開かれているグレンイーグルでのジュニア選手権の優勝者が、翌年泊まる権利があるんだよ。ところでシマちゃんの新しい名刺をくれる？　このバーならまた来たい」

シマジが名刺を差し出すと、アオちゃんは「日本ゴルフツアー機構会長　青木功」の名刺をくれた。「次は何を飲ませてくれるの」「じゃあ、同じくサントリーの依怙贔屓ボトルで山崎ミズナラスモーキーを飲んでよ」「うん、これはさらに美味いね！」。

40年振りなのに、その間のことなどは話さないし、聞きもしない。他愛のない会話が弾む。

むかし集英社の受付に現れたアオちゃんは「シマちゃんいる？」と告げた。このときも驚かせたかったのだろう。受付嬢は機転を利かし、すぐにシマジに電話をくれた。前回書いたように、アオちゃんは沖縄合宿にシマジを誘ってくれたこともある。若いシマジは『青木功ゴルフ五輪書』というゴルフの本を思いつき、立木義浩巨匠と2週間の合宿に同行した。すべてが昨日のことのようである。この間、変わったことと言えば、お互い、髪の毛が白くなったことだけであった。

◎女を口説くより、男を口説くほうがはるかに難しい

この言葉は決して同性愛の話ではない。いまオーセンティックバー「サロンドシマジ」で一緒に働いているチーフバーマン・松本一晃ともう一人のバーマン・廣江大輔が、どのような経路でカウンターに立つようになったのか、という話である。

松本は23年間岩手県一関市で「アビエント！」というオーセンティックバーを営業していた。歴としたオーナーバーマンである。2020年11月のある日、シマジは面白いバーを作ろうかなと閃き、一大決心をした。ときを同じくして、西麻布に面白い物件があると紹介された。

シマジは71歳から79歳まで新宿伊勢丹メンズ館8階で、たった3坪の小さなバー、「サロンドシマジ」を開いていた。毎週土日の午後2時から8時までカウンターに立った。すると、むかしから懇意にしていた松本バーマンがひと月一度の割合で、一関から土日助っ人に来てくれたのだ。普段の土日は伊勢丹の社員の廣江がアシストしてくれたのだが、廣江も休暇を取らなければいけない。そんなときに松本が助けてくれたのである。

バーは立ち飲みだけだったが、毎週立錐の余地もないほど混んでいたのだ。

西麻布に本格的なバーをオープンするためには、バーマン稼業33年のベテランの松本の腕が必要だった。そこでシマジは松本に電話で懇願した。「松本、おれは西麻布の地下で天井の高さが6メートルもある素敵な物件を見つけたので、バーをオープンしたくなった。手伝ってくれないか。毎週末2

日くらいでもいいから」「考えてみます」と松本。そして2、3日後、シマジは再び松本に電話を入れた。「どうだ、松本、今度はボランティアではなく、ちゃんと報酬を支払うよ」「わかりました。やってみます。じつはわたし、11月22日に離婚したんです」「えっ、あの素敵な奥さんと？　しかも〝いい夫婦の日〟じゃないか！」「はい」「松本、これはおれたちの運命かもしれない。心機一転東京に居を移し、おれと一緒にやろうじゃないか。おれは松本が手伝ってくれなかったら、この計画は諦めようと思っているんだ」「わかりました。一関のバーを閉めてフルに働け、ということですね」。

まさに人生は恐ろしい冗談の連続である。そして数日後、今度は松本のほうから電話があった。「シマジさん、一緒にバーを立ち上げましょう。その代わり設計段階からぼくに参加させてください」

幸いバーから300メートルしか離れていないところに14階で広いバルコニー付きのマンションが見つかった。バーのデザインと施工は、映画の舞台監督をしている杉本亮さんに頼んだ。凝りに凝ったバーの完成には3カ月を要した。その間、松本は毎日工事現場に顔を出して、カウンターと椅子の高さを決めた。時間を見つけて、合羽橋にグラスやシェーカーを買いに行き、専用コースターも作ってくれた。

伊勢丹の社員だった廣江からは、シマジが口説かれた。「シマジさん、ぼくも連れてってください。7年間、シマジさんと一緒にカウンターに立っていたので、別れたくありません」「わかった廣江。もちろんお前にも手伝ってもらおう！」。

毎週土曜日一緒に働いてくれているバトラー水間は、丸の内に本社がある会社を経営しているが、ボランティアで来てくれている。これだけの男を口説き落とすには、法螺だけではダメである。

◎朋有り、遠方より来たる。また愉しからずや

2022年の長いゴールデンウイークのなかのハイライトは、一関の〝世界遺産的ジャズ喫茶〟「ベイシー」で、正ちゃんこと菅原正二尊兄と午後1時から6時まで水入らずで、語り合ったことだ。ジャズ喫茶のほうはいまだ休業中だが、正ちゃんはシマジのために店を開けてくれて待っていた。今月発売されるLPレコードの復刻版で、カウント・ベイシー・オーケストラをバックに歌うザ・ヴォイス、フランク・シナトラの美声が巨大スピーカーから流れるなか、正ちゃんの貴重なる〝ジャズ講座〟がはじまった。この贅沢が堪らない。

「シマジさん、クラシック専門の粛々たる殿堂であるカーネギーホールが1938年1月16日の日曜日にベニー・グッドマンがジャズを演奏したことをもって大衆化の嚆矢《こうし》となったの。その後、カーネギーホールではフランク・シナトラ、トニー・ベネット、ハリー・ベラフォンテ、サラ・ボーン等々と続くわけね」

正ちゃんは1942年生まれで一関一高ではシマジの一学年下だ。サロンドシマジ名入りのシガーを美味そうに燻らせ、1965年もののノッカンドーで喉を潤しながら続けた。

「シマジさん、ベニー・グッドマンはいまロシアに理不尽に虐められているウクライナ生まれで、アメリカに移住したユダヤ人なの。一方アフリカの黒人たちが奴隷としてアメリカに連れて来られた。ジャズはもともと黒人のものだった。その曲をちゃんと五線紙に音符で書き直して、誰でも弾けるよ

うにしたのが、偉大なるグレン・ミラーさまなのね」

ベイシーの店内に芳《かんば》しい香りが立ち込めていた。これは店内に鎮座ましましているグランドピアノの上に花に埋もれながら飾られている正ちゃんのひとり娘、わとちゃんの遺影の前でいましがたシマジが炷《た》いた白檀の線香の香りだ。シマジのひとり娘祥子も36歳で夭折した。わとちゃんは3年前、41の若さで亡くなった。「正ちゃん、おれは祥子とわとちゃんが時空を超えた天国で邂逅して、おれたちみたいに凄く愉しく語らっているような気がしてならないんだ」「きっとそうだよ、きっと」。間もなく80歳になる男と、すでに81歳になったばかりの男2人は心のなかでさめざめと泣いた。人生にはどうしようもない不条理に見舞われることがある。正ちゃんは多分、こうしてシマジと2人っきりで人生の無常さをしんみりと語り合いたかったにちがいない。

翌日は打って変わって賑やかになった。盛岡、花巻、そして大津からベイシーファンでシマジファンでもある人たちが沢山訪れてきてくれたのだ。これまた愉しかった。2日目の帰り際、正ちゃんは1枚の写真をシマジに渡しながら言った。「シマジさん、この写真はシナトラが自宅で寛いでいる珍しいものなの。多分シナトラの旦那が大好きなトニー・ベネットを聴いているんでしょう。『おれがお金を出してでも聴きたいのはトニー・ベネットだけだ』と豪語してたからね。サロンドシマジに是非飾ってよ」「有り難う！　正ちゃん」。

前に、極道とは道を極めた人のことだと書いた。正ちゃんは言うまでもなく、オーディオとジャズの極道だ。その極道ぶりにほれ込んだ別の極道が2020年に、ベイシーの映画「ジャズ喫茶ベイシー　Swiftyの譚詩（Ballad）」をつくった。極道は極道を不思議なオーラで集めてくる。

◎一回の邂逅で人の心を鷲掴みにする人がいる

田村正和は日本人離れしたダンディーな大スターであった。それは容姿からくるものだけではない。まだ20代前半のころの田村正和は、当時大人気の「眠狂四郎」を世に誕生させた時代小説作家、柴田錬三郎先生のダンディズムを自然に吸収したようにも感じる。「眠狂四郎」と言えばこの人、市川雷蔵が夭折したあと、「眠狂四郎」を演じ、当たり役にしたのが、若き日の俳優、田村正和であった。

シマジがはじめて柴田錬三郎先生の謦咳《けいがい》に接したのは「週刊プレイボーイ」の新人編集者で、運良く「シバレン人生相談」の担当者に抜擢されたときである。

シバレン先生の人生相談の連載は1年半で終了したが、シマジはシバレン先生にいままで同様に毎週お会いしたい由を、切々と訴えた。シマジにとって柴田錬三郎先生は別格な存在であったからだ。人生の師匠と仰ぎ、柴田先生も息子のように可愛がってくれていた。

「シマジ、おまえは面白いやつだから、これからも週に一度会おうじゃないか」と、柴田先生は相好を崩された。シマジが25歳のとき、ゴルフを教えてくれたのも柴田先生である。

シマジが29歳のころだったか、シバレン先生は川奈ホテル（静岡県伊東市）に缶詰めになって原稿を書いていた。突然、柴田先生から週プレの編集部のシマジに電話がかかってきた。「シマジ、明日午前10時にゴルフバッグを担いで川奈ホテルまで来てくれ。田村正和がどうしてもおれとゴルフをしたいと言っている。正和を紹介するから、3人で川奈ホテルゴルフ場でプレーしよう」。

もちろん二つ返事で承諾した。

シマジはゴルフバッグを担いで、電車で川奈ホテルに9時に着くように東京を早朝出発した。柴田先生と川奈ホテルのエントランスで待っていると、眠狂四郎こと田村正和が洒落たスポーツカーに乗って颯爽と現れた。はじめて田村正和に邂逅したシマジは、その日本人離れした小顔で彫りの深い美貌に惚れ惚れした。ゴルフの腕はシマジと同様でまだ練達さはなかったが、田村正和の柴田先生への尊敬の念は尋常ではなかった。担当編集者で弟子のシマジを前に自分の枕頭の書はすべて柴田錬三郎先生の著作だと、豪語するではないか。そして田村正和はシマジにこう言ったのである。

「シマジさん、編集者って羨ましい稼業ですね。こうして柴田先生にいつでもお会いできるんですものね」

シマジが編集者として羨ましがられたのは、これが最初で最後である。

ゴルフのあと、3人で風呂に入った。年齢順にシバレン先生、シマジ、そして田村正和が鏡の前に並んで座った。田村正和の透き通るような色白の全裸の、何と神々《こうごう》しかったことか。鏡に映った隣のシマジは類人猿にしか見えなかった。

人生は運と縁と依怙贔屓だが、シマジと田村正和もシバレン先生との縁である。そして、一回の邂逅で田村正和はシマジを魅了した。極道という稼業を羨ましがってくれたのである。その裏にもちろん、20代にして柴田作品への深い理解と尊敬があったのは言うまでもない。

田村正和さん、ありがとうございました。いまごろ柴田錬三郎先生とパラダイスカントリークラブで、愉しく2人だけでプレーしていることでしょう。合掌。

◎世に潜む天才画家と出会う

毎週オーセンティックバー、サロンドシマジにやってくる常連に面白い3人組がいる。リーダーは60代の佐藤柱也さんでウッドマスターという肩書の名刺を持っている。都内の有名バーの重厚なカウンターをいくつも手掛けるなど、木のことはなんでもござれというクリエイティブな職人気質の紳士だ。その柱也さんが連れてくるまだ20代の医学生もユニークだ。通称マロと呼ばれているが、若いのに熱狂的なシガーラバーである。そして、もう一人。40代の近藤仁画伯こそ今回の主人公だ。

近藤仁画伯は東京藝術大学の日本画科を首席で卒業したエリートだが、世に打って出る野心がまったくない変わり者である。近藤画伯はサロンドシマジの雰囲気がことのほか気に入ってくれていて、ある日、自分の秘蔵の1枚を持参してきた。

その絵はかなりの大作で、しかも銀を腐食させて描いた不思議な色味の傑作だった。それを「飾ってください」という。いまエントランスの右手に飾られている。お客さまはみなこの不思議な絵画に目を奪われる。この大作は3・11大震災の翌日、スカイツリーの展望台から東京タワー周辺を見下ろした夜景である。ビル群の窓から小さな灯りが漏れ輝いている。

シマジはこの天才が描いたユニークな大作を大いに気に入った。額縁に嵌《は》まっていたガラスを取り外すとますます大作は生き生きと見えてきた。近藤画伯は画廊に売り込むこともしないらしい。自分の通っている気に入ったバーに飾るのが趣味だという。

じつはシマジはもう一枚名刺を持っている。これは怪物、笹川良一さんの孫で、笹川正平さんという40代そこそこのロマンチックな愚か者だ。富士山の麓に新しくウイスキー蒸溜所「富嶽蒸溜所」を作るというのだ。シマジは報酬はいらないから名誉顧問にしてくれと志願した。笹川正平社長は即答で快諾してくれた。2022年の10月ごろから蒸溜所の建設に入るらしいが、正平社長の夢は蒸溜所のなかにサロンドササカワというバーを作ることだ。シマジはさっそくウッドマスターの佐藤柱也さんを正平社長に紹介した。柱也ウッドマスターは樹齢500年以上のミズナラを大量に秘蔵しているが、それを提供してくれるという。そのミズナラの材木を使った壁面に幻の名酒のボトルの絵を実物1・5倍くらいのサイズで描いてもらったら、バーの雰囲気は最高だろうと2人に提案した。正平社長も柱也ウッドマスターも即座に賛同してくれた。

さて誰に描いてもらおうかと思案していたところ、天才近藤仁画伯がサロンドシマジのバーに現れたのである。人生はまさに運と縁と依怙贔屓《えこひいき》である。シマジが幻の名酒のボトルの絵を描いてくれないか、と頼むと二つ返事で快諾してくれた。

シマジが選んだ幻の名酒は、ブラックボウモア、ポートエレンファースト、タリスカー34年、グレンファークラス32年サロンドシマジボトル、アラン20年サロンドシマジボトル、そして、サロンドシマジだけで杯売りしているサントリースペシャルエディション、サントリーロイヤル60、スランジバー、そして10年後、世に出る富嶽蒸溜所の「夢の赤富士」ラベル。合計9本を近藤画伯に発注した。

さてどんな大作群ができてくるのか。いまから愉しみである。極道が集まると、とにかく愉しい。

◎塩野七生さんが颯爽とサロンドシマジにやって来た

シマジは長い間、作家の塩野七生さんがサロンドシマジのバーに来てくれることを念じていた。そうしたら、2022年の11月に夢がかなった。定宿の帝国ホテルに滞在していることを告げる、嬉しい電話があったのだ。「シマジさん、4年ぶりに日本に帰ってきたわよ。約束通り、必ず東京にいる間にあなたのバーに行くからね。そのときは前もって連絡しますから迎えにきてくれる?」。

塩野さんは全国各地でサイン会や講演会を行って、多忙な日々を送っていた。そんなある夜、お座敷の懐石料理に招待され、帰る際、靴を履こうとして尻餅をついてしまった。その前年、ローマの自宅で転んで痛めた腰の痛みがぶり返し、東京で病院通いがはじまった。シマジは塩野さんが大好きな浅草のぬれせんべいを持って、帝国ホテルにお見舞いに伺ったが、いま一つ元気がなく、室内を歩くにもステッキをついていらした。鎮痛剤を飲んでいるので大好きなお酒も控えているという。これではバーは無理かなと半分諦めていたら、突然3月中旬に電話があった。「シマジさん、次の日曜日午後4時に帝国ホテルまで迎えにいらしてくれる。あなたが作ったバーを是非見たいわ」「有り難うございます、喜んで。島地勝彦公認ショーファーサノのクルマでお迎えに参ります」。

塩野さんはステッキをついていたが、いつもの溌溂さを取り戻していた。日曜日の午後4時過ぎ。開けたばかりのバーにはお客さまは1人しかいなかった。バーに入るなり塩野さんは中央に立たれ、店内を見回した。「シマジさん、ここはあなたのお城ね。天井の夕なずむ空の絵がいいわ。バックバーにあなたの大好きな絵画と書籍を飾ってあるのもとても素敵」「有り難うございます。この椅子は塩野さん専用の椅子で、『塩野七生先生御席』とプレートが貼られています。どうぞお座りください」「有り難う」「今日はウイスキーは飲めますよね」「はい、シマジさん、あなたがいちばんわたしに飲ませたいウイスキーを飲んでみたい」「ではこのバーで今しか飲めない山崎28年をトワイスアップでシェークしたのを飲んでください」。

松本チーフバーマンが心を込めてシェーキングしてくれた。「これはとても美味しい」。シマジは心を込めてこう返した。「今回塩野さんが帰国した最大の目的は世界中で読まれている『ローマ人の物語』の発行部数が1800万部になったことを記念してのファンの集いだと思います。日本はもちろんのこと、台湾、韓国、中国、そして英語版まで発売しているのには、驚かされました。とくに『ローマ人の物語』を英訳しているアメリカのスティーヴン・ウィルス教授が『その業績を改めて振り返ると、それは一種の奇跡だ』と絶賛していますが、わたしも同感です。わたしも若いとき、一丁前にモムゼンやギボンのローマ史は読みましたが、難解でチンプンカンプンでした。そのあと塩野七生の『ローマ人の物語』を読んではじめてこうだったのかと、理解したものです」「アッハハ、有り難う。でもシマジさん、少し褒めすぎじゃない」「では次は同じ山崎28年で作るハイボールをどうぞ。誰が言ったのか〝禁断のハイボール〟といわれています」「アッハハハ、それはシマジさんが命名したんでしょう」。

実際、シマジのバーはシマジの城だ。このバーにはシマジの世界がある。すべてをお見通しの塩野さんとの物語はまだまだ続く。

◎続・塩野七生さんが颯爽とサロンドシマジにやって来た

ショーファーサノは塩野七生さんをバーにご案内した後、クルマを駐車場に停めてバーに戻った。塩野さんの隣の椅子に腰掛けると、おもむろに「島地勝彦公認ショーファー佐野直彦」という名刺を差し出した。「今日は塩野先生をお乗せして緊張致しました」「佐野さん、先生は止めて。さん付けにしてくださいね」。そのとき奈良からやって来たばかりの常連客の錦織ドクターが塩野さんに駆け寄って、興奮気味にしゃべりはじめた。「錦織と申します。たまたま塩野先生の近著『誰が国家を殺すのか』を新幹線のなかで読みながら、ここに参りました。サインをいただいてもよろしいでしょうか。それと記念写真をご一緒に撮ってもらってもいいでしょうか」「錦織さん、わたしを先生と呼ぶのは止めて。塩野さんでいいです。サインはしますが、写真はシマジさんを入れてみなさんと一緒に撮りましょう」「有り難うございます。一生の思い出になります」。そんなわけで記念すべき集合写真が撮れたのだ。

それからたまたま居合わせた熱狂的塩野ファンの小島靖史が塩野さんに急接近して熱く質問した。「塩野さんの理想の男性像は全作品のなかでどなたでしょうか」「あなたはなかなか面白いこと訊くわね。それはわたしの唯一の小説『イタリア・ルネサンス』の主人公のマルコ・ダンドロかしら」「ダンドロのどの辺が魅力的なんですか」「そうね。彼の佇まいの美しいところかしら」「確かにダンドロが死ぬ場面は最高に美しかったです。死ぬ瞬間、畢生の愛人オリンピアが現れるところも感動的でした」「新型コロナがパンデミックになったように、14世紀は世界中でペストが大流行して、多くの人人は亡くなりました。以来、ヴェネツィアのゴンドラが黒色になったのは鎮魂の意味があるのだと先ほど、読んで知りました」と錦織ドクター。それぞれが次々に語りかける。塩野さんも嬉しそうに応じる。

「ところでシマジさん、今回プーチンの起こした戦争のために直行便がなくなりました。フランクフルト乗り換えで日本まで20時間以上かかって疲れ果てました。日本のファンのみなさまにも伝えたのですが、日本に帰って来られるのは、これが最後のような気がするわ」「じつは塩野さん、先日塩野さんが今年の文化勲章を受章された夢を見たばかりです。これが正夢になれば、またこの秋に日本に帰って来なければならなくなりますよ」とシマジ。こんな軽妙な会話も交わした。

こうして、夢のようなひと時は約3時間くらい続いただろうか。塩野さんは静かに立ち上がるところう言われた。「シマジさん、本当に今日はありがとう。あなたはまだお客さまがいらっしゃるから、このままバーにいらしてね、ショーファーさんに帝国ホテルまで送ってもらいます」。

塩野さんを無事送って帰ってきたショーファーサノが言った。「いやいや、塩野さんは気さくで面白い方ですね。『ぼくが東大の野球部に入りたくて2回受けて2回とも落ちて早稲田に行きました』と言ったら、塩野さんが『わたしも哲学科に入りたくて、一度東大を受けて落ちたのよ』と笑いながら仰《おっしゃ》っていました。それから『あなた、せっかくシマジさんに可愛がられているのなら、シマジさんの、あの近からず遠からずの絶妙な対人関係の間合いを学びなさい』と言われました」。

緊張から解放された佐野はお腹が空いたと言い出し、シマジが奢ったカレーライスをほおばった。それは夢のような魔法から覚め、現実に戻った瞬間であった。

◎入院中に世にも不思議な一夜の体験をした男の話

これはある夜、サロンドシマジのお客さまから聞いた実話である。

そのお客さまは立派な体躯で大学生のころはアメリカンフットボールの選手だった。ある日、試合中に靱帯を切断する大怪我をして銀座近くの大病院に緊急搬送された。そのお客さまの名前をHとしておこう。今から30年以上も前の話で、そのころまだ大病院には喫煙室があったという。入院して2週間後、Hさんは松葉杖をつきながら、大好きな葉巻を吸いに一階にある喫煙室に向かった。そこに太いシガーを美味そうに吸っている60代のなかなかチャーミングな紳士がいた。同好者同士、すぐに気が合ったそうだ。その紳士の病室は最上階の特別室だった。

はじめて邂逅《かいこう》したその日から2人は仲良くなり、毎日葉巻を吸いながら、語りあい笑いあった。かの紳士に会って1週間が経ったころ、突然こういわれた。

「君と銀座に行きたいなあ」

「ではお互い退院したら、いの一番に銀座に連れてってください」

「いやいや、病院にこうして入院して拘束状態のなかで禁を破って抜け出して行くのが、スリルがあって面白いと思わないか」

「ぼくはいま上下のジャージしか持っていないんですから、銀座なんては無理ですよ」

「いいか若いの、ロマンティックな愚か者は、不可能なことを易々《やすやす》と可能にするものなのだよ」と紳士は莞爾と笑った。話はまとまり、Hは消灯後の9時過ぎに件の紳士の驥尾に付して、病院の裏口に待たせてあった運転手付きの黒塗りのジャガーに乗った。上下はもちろん、ジャージ姿だ。車は滑るように銀座の紳士服の高級ブティックの前で停まった。ダンヒルのシャツとジャケット、パンツのイージーオーダーが瞬く間に揃えられた。スニーカーを脱ぐと、ジョンロブに履き替えさせられた。紳士もお抱え運転手がジャガーのトランクから運び込んだ一流品に着替えていた。まもなく銀座の小洒《こじゃ》落《れ》たクラブに入店した。紳士は大モテで「社長、社長」と女性たちから呼ばれていた。

Hは夢を見ているのではないかと思った。その夢はなんと午前4時まで続き、店を7軒まで回ったことまでは覚えていた。その後、ジャガーのなかでHはジャージに、紳士は部屋着に着替えて、病院の裏口から侵入すると病院の人となった。看護師が回ってくる5時には2人ともベッドに横たわっていた。その日の午後3時過ぎ、喫煙室で葉巻を燻らせながら、Hは昨夜の夢のような体験に感謝して深々と頭を下げた、紳士はただ無言で笑顔を左右に振った。

それから1週間後、Hは退院した。その5日後、お世話になった社長の見舞いに行った。「特別室に入院している○○さんのお見舞いに参りました」と受付嬢に訊くと、「○○さんは昨日退院なされました」と言う。Hは社長から名刺ももらっていなかった。そこで紳士と行った銀座のクラブを訪れた。ママがビックリしたようにHを迎え入れてくれた。

「よくいらしてくれましたね。○○社長は昨日お亡くなりになりました。じつはあの方、余命3カ月の重い腎臓がんだったのです」

太巻きのシガーは不思議な魔力を持っているが、それは極めた者にしかわからない。

◎バーの周年記念日と誕生日と母の命日

２０２３年の４月７日はシマジの82歳の誕生日であり、サロンドシマジの３周年記念日であり、愛する母の命日であった。日本人の男性の平均寿命は81・47歳というから、シマジは辛うじて平均寿命をちょっと超したところである。大病もしたけれど名医たちの依怙贔屓《えこひいき》で、いまのところ元気に過ごしている。サロンドシマジのバーはオープンした翌日から新型コロナ緊急事態宣言が発令され、それから２カ月半も店を閉めざるを得なかった。それでもお客さまたちの依怙贔屓で、何とか３周年記念日を迎えることができた。３周年記念のお花を沢山いただき、その夜は千客万来であった。

最大のイベントはその日はじめて抜栓されたイチローズモルトのヴァージンオーク９年と、セカンドフィルバーボン樽エクストラピーティッド８年の飲み比べであった。これは肥土伊知郎さんの依怙贔屓があって実現した。

シマジが住むマンションの11階には、青木さんという女性、シマジ、安藤さんという男性、さらにバトラー水間が住んでいる。その４人がこの夜、サロンドシマジに勢揃いした。バトラー水間の依怙贔屓だろう。シマジは何と幸せ者なのか。

そんな大混雑のなか、ひとりの男性が語りだした。前回書いた話の登場人物——病院に入院中、同じ入院患者の粋な紳士に誘われて、病院をこっそり抜け出し銀座に飲みに行ったHさんである。カウンター越しにシマジに満面に笑みを浮かべながら語りだした。

「あの名文は額装して自室に飾ってあります。じつはあのときの秘話があります。件の紳士が腎臓がんで亡くなる前に、銀座のママにわたし宛ての手紙を一通預けていたのです。その手紙はこういう書き出しでした。『H君、この手紙を君が読むころには、わたしは天国のバーで飲んでいることだろう。君に名刺を渡さなかったから、わたしの死を知りこのクラブに訪ねてくるような気がしたので、ママに預かってもらったのです』。万年筆で書かれたその手紙を拝読した瞬間、わたしは生まれてはじめて辺り構わず号泣してしまいました。手紙にはこうも書かれていました。『友情は年齢の差など関係ない。若い学生の君が葉巻を嗜んでいる姿が堂に入っていったので気に入ったんだ。まあわれわれはシガーフレンドシップだったんだね。わたしが存命中吸い残してしまったダヴィドフNo2を2カートン、君が代わりに吸ってくれることをお願いしたい』」

「まだキューバンダヴィドフのころですよね。しかもノーリングで2ボックスということは100本ですか。豪気な話ですね」「今夜は3周年記念ですし、この粋な紳士に献杯していただきたいので、シマジさん、みなさまも一杯いかがですか」「有り難うございます。ではジャックダニエルのシナトラをいただきます」「では今夜はわたしがスランジー！　といいますから、みなさまでスランジバー！　とご唱和してください。スランジー！」「スランジバー！　いただきます！」。

その夜はバーを閉めてから、独りで恵比寿の深夜食堂に行った。母親がいつもシマジに作ってくれたバターがいっぱいのコロッケとおかかを山盛りかけたナスのバター焼きに久しぶりに舌鼓を打った。これはもちろんメニューにない藤井シェフの依怙贔屓である。依怙贔屓《えこひいき》で生きてきた82歳。感謝しかない。

◎娘と父親には共犯者のような共感がある

今年もまたゴールデンウイークの長い休暇は一関に帰郷した。その日の午後から、世界的文化遺産、ジャズ喫茶のベイシー詣でをして過ごした。菅原正二マスターとシマジはこのベイシーから、指呼《しこ》の間《かん》にある一関一高の卒業生である。

「シマジ先輩、日刊ゲンダイの略歴に『一関一高』と敢えて入れているのがじつにいい」

「おれは青山学院大学より一関一高を出たことに誇りを感じている。人生においてもっとも影響を受けたのは、一関一高時代だからね」

青春時代は何でもどんどん吸収し、それが血となり肉となっていく。

「シマジさんの大好きな怪物性、それを帯びている先生方が大勢いたもんなあ」

「おれがいちばん影響を受けたのは、英語の柳瀬先生だ。正ちゃんは」

「おれは音楽の古藤先生だったかな」

老人同士、つきない思い出話をしている間、大音響で流れていたのはマイルス・デイヴィスの「シエスタ」だ。ここで聴くマイルスの「シエスタ」は別格である。いつだったか、東京に帰ってマンションの小さなスピーカーで同じマイルスの「シエスタ」を聴いたことがあった。その落差に落胆して、その後、家では「シエスタ」をかけたことがない。

シマジはベイシーに入るやいなやグランドピアノの上に飾られている花と写真の前に立った。若くしてがんで逝った正ちゃんのひとり娘、わとちゃんである。東京から持参した白檀のお線香を取り出し、100円ライターで火をつけた。小さな鐘を鳴らして、つぶやくように語りだした。

「わたしはあなたとはお父さまと一緒に星野哲也さんのレストラン、ガランスでご一緒したことがありましたね。わたしのひとり娘の祥子も、36歳であの世に旅立ってしまいました。お父さまとわたしが莫逆《ばくぎゃく》の友になったように、わとちゃんと祥子は天国で邂逅して仲良くしているだろうと想像しています。いずれ行くので祥子と天国の粋なバーを探しておいてください」

いつの間にか隣に来ていた正ちゃんの小さな嗚咽が聞こえてきたような気がした。過去にもこのコラムで書いたがひとり娘を夭折させてしまった父親にしかわからない慟哭の境地がある。父親は娘に対し、腹を痛めた母親とは別の感情がある。それは共犯者のような親しみだ。わとちゃんの愛用のライカのカメラがグランドピアノの上に載っているのを見て、これは正ちゃんがわとちゃんにプレゼントしたにちがいないと思った。金食い虫の道楽の共有である。じつは祥子もシマジに似てワイン好きだった。だから、いちばん大事にしていた19世紀フランス製、オールドビンテージのワインオープナーをプレゼントした。そうだ、それを帰ったら仏壇に飾ってやろう。

今回も正ちゃんとの対話はいつものようにスイングして面白かったが、何となく正ちゃんには元気がなかった。80歳にして大腸がんの手術をし、まだ本調子ではないのだろう。なあに、シマジも64歳のときに有明のがん研で大腸がんの手術を受けた。元気になったのは1年後だった。今は店を閉めていて、ファンをやきもきさせているベイシーだが、そのうち、再オープンしてくれると確信している。彼にはいまなお、男にしかわからない色気が漂っているからだ。

◎「あなたの財産はどのくらいありますか」「わたしの財産はエスプリです」

はじめて福原義春さんの謦咳《けいがい》に接したのは、シマジが集英社の広告部の担当役員になったときだった。資生堂社長だった福原さんにご挨拶に伺ったのである。福原さんは61歳でシマジは51歳だった。お会いした瞬間に読書の話になって、意気投合。その日のうちに福原さんはシマジを書友にしてくださった。それからはひと月に1回はランチを共にしながら、最近感銘した本の感想を語り合ったものだ。社長という大任をこなしながら福原さんはよく新刊を読まれていて、熱く語ってくれた。ランチ代はいつも福原さんが持ってくれた。あるとき資生堂パーラーで伊勢エビ一匹を使った1万円のカレーライスをご馳走になった。お返しにシマジが神保町でよく通っていたカーマの850円のチキンカレーをご馳走したことがある。福原さんはそのとき神保町の古本屋に立ち寄り、数十冊の書籍を買われた。そのあとシマジが代表を務めている集英社インターナショナルにやってきた。

「シマジさん、わたしははじめて出版社に来ました。なるほどこういうところで雑誌や書籍を作っているんですね」と煩雑《はんざつ》な編集室を眺めながら驚かれていた。

福原さんが資生堂の社長になったとき、就任スピーチでこう語られたそうである。

「今日からわたしのことを福原社長ではなく、福原さんと呼んでください。わたしもみなさんをさん付けで呼ばせていただきます。新入社員から社長までこれからさん付けで呼び合いましょう」

いかにも福原さんらしい発想である。シマジが福原さんに学んだものは品格だった。この話のように威張らない。ガツガツしない。分け隔てしない。もちろん福原さんは資生堂創業者の3代目だから、持って生まれた品格もあるのだろうが、それだけではあるまい。あるときフランスの雑誌記者が福原さんに「あなたの財産はどれくらいあるのでしょうか」と訊いたことがある。福原さんは「わたしの財産はエスプリです」と答えたそうだ。

福原夫妻と絵画を観るために地方に日帰り小旅行をしたこともあった。そのとき奥方から聞いた話は印象に残っている。「福原の本好きはいいんですが、自分の書斎も本でいっぱいになったので、廊下に積み上げてあるんです。原稿を書くときはキッチンで小さくなって書いているんですのよ」。福原さんは何も言わずに微笑んでおられた。

「面白い方がいたら、いつでもわたしに会わせてください」とよく言われたので、シマジは花魁《おいらん》の格好をしたお福さんを紹介した。お福さんは結婚式の司会を生業《なりわい》にしている歴とした男だ。特技は甲高い声を張り上げてやる口上。お福さんは福原さんがいかに大きな功績を残したかを高らかに述べたあと、大きなお尻を突き出して「福原さん、その手でわたくしのお尻をひと撫でしてくださいませ」と懇願した。「そうすると運気がますます上がります」と続けた。さすがの福原さんもお福さんの迫力に圧倒されて、おっかなびっくり撫でた。それも品良くそっと撫でたのだった。

「福原さんと島地さんが、時に兄弟のように、時に幼友達のように、仲良く本の話を延々されていたのが忘れられません」とメンズプレシャス編集長だった橋本記一さんがメールをくれた。シマジが掃苔するお墓がまた新しく一つ増えた。

◎いずれ人間は死ぬ。そのことを忘れるな

2023年7月6日木曜日の午後8時頃、集英社販売部担当役員、安藤拓朗が部下のデジタル販売部の久松稜介を連れてやって来た。安藤はシマジの集英社時代の部下である。安藤は「シマジさんがいま着ていらっしゃる恰好いいTシャツは何ですか」と目ざとく気づいて訊いてきた。

「これはシマジが集英社インターナショナルを辞めてからの人生を描いているんだよ。プリントされている最初のシマジ人形は退職したとき、集英社インターナショナルの社員たちがみんなでお金を出し合って作ってくれたものだ。それから続くマトリョーシカ人形は伊勢丹のメンズ館でバーマンをやっていたころのシマジで、だんだん歳をとって死んでついには骸骨になったが、また生まれ変わってチャーチルになりまた死んで、ついには小さな骸骨になったという、壮大なシマジの人生物語が描かれているんだ。人形たちの下に書いてあるMEMENTO MORIという言葉は〈いずれ人間は死ぬ。そのことを忘れるな〉というラテン語なんだよ。そして、このシャツを今日からバーで売り出した。生地には凝りに凝った。1着税込みで8800円だ」

安藤はすぐに「買います」と言い、サントリーから転職した久松にも薦めると、久松も二つ返事で買ってくれた。そこに現れたのが元集英社の常務、クンタこと鈴木晴彦である。

「クンタさん、お久しぶりです」「おう安藤か、元気か」「はい、隣にいる久松は京大から東大大学院に行ってデジタルを極めた男です」「まあ、大学は関係ないな。シマジさんは青学だよ。まず異能で

あること。そして熱狂すること」

　そこにシマジが31年前、広告部の担当役員をしていたとき、新入社員として入ってきた待井寿美子が登場した。

「シマジさん、お懐かしゅうございます。シマジさんが編集部から広告部にはじめていらっしゃったときの、あの有名なスピーチはいまでも忘れられません」

「エッ、シマジさんは何ていったの」とクンタ。

「はい、『いままで広告部はゴルフでクライアントを接待するとき、個人タクシーを使っていたようだが、今日からは堂々とハイヤーを使ってください。いいですか、これからのわれわれの営業作戦は、1億円使って10億円を儲けることです』と仰《おっしゃ》ったのです」

　この待井はいまクッキーという雑誌の編集長をやっている。出版社の仕事でいちばん面白いのは編集長だ。

　さらに来訪者が続いた。制作部課長松田充弘は「シマジさん、お久しぶりです。先日映画『ベイシー』を観ましたら、シマジさんが出ずっぱりで嬉しかったです」。次に来た永田勝一ダッシュエックス文庫編集長はお父上からの知り合いだ。シマジはお父上が経営していた鯨肉の「うずら」という名店の常連だったのである。息子が集英社に入ったときはことのほか、喜ばれていた。

　最後にやって来たのは田川久美だ。現在女性誌企画編集部の編集長でウェブマガジンでブイブイいわせている女傑である。なぜ、これだけの後輩が一堂に会したのか。人生の真夏日がこの夏、再び訪れているのかもしれない。いくつになっても、輝く夏は来るのである。

◎稀代の天才編集者のお別れ会はじつに元祖シティボーイらしかった

享年93歳で亡くなられたマガジンハウスの天才編集者、木滑良久《きなめりよしひさ》氏のお別れ会が過日、帝国ホテルの富士の間で行われた。献花し、会場に入ると、マガジンハウスの片桐社長をはじめ、お歴々が迎えてくれた。ランチ時だったので軽食も用意されていた。個人個人、自由にシャンパンなどを片手に壁に飾られた想い出の写真に献杯した。写真を見ていると、シマジの畏友にして親友の石川次郎と一緒に写っているものが多かった。堅苦しいスピーチもなく、そのまま出口を出た。

いつのことだったか、石川次郎に木滑さんを紹介された。その日、木滑さんは熱く雑誌編集のことを語ってくれた。

「勘のいい編集者は時代の風をパッと掴むんだよ」

木滑さんは「POPEYE」「BRUTUS」の創刊編集長をやられた。

マガジンハウスは社名を変更する前、つまり平凡出版のころから、集英社のライバル会社であった。芸能月刊誌、「平凡」と「明星」、「週刊平凡」と「週刊明星」、そして「平凡パンチ」と「週刊プレイボーイ」がガチンコで対決していた。しかもすべて集英社が後から追いかけて創刊したのだ。シマジが集英社に新人として入社した年の10月に、「週刊プレイボーイ」が創刊された。25歳のシマジも新人編集者として、はるか遠くにいる「平凡パンチ」を追いかけたものだ。

「平凡パンチ」は都会的でお洒落で、読者はまさに理想のシティボーイを目指していたのに対して、「週刊プレイボーイ」は泥臭く人間性の面白さを追求していた。集英社のお家芸の劇画も掲載した。

シマジは41歳のとき、「週刊プレイボーイ」の編集長になった。当時の特集記事のタイトルは書き文字の職人が手書きで書いたものを印刷していた。アートディレクターの江島任さんに相談したら、「シマジが一日前に特集のタイトルを送ってくれたら、書き文字ではなく、写植のタイトルで特集を飾れるよ。それで週刊プレイボーイは一段とお洒落になる」。

シマジはその場で決断した。驚いたことに木滑さんから「『週刊プレイボーイ』を見たよ」と直接電話がかかってきた。

「シマジ君、特集記事のタイトルを写植にしたのは革命的アイデアだね。一本やられたね。おめでとう」

シマジは欣喜《きんき》雀躍《じゃくやく》した。雑誌の神さまにお褒めの言葉をいただいたのだ。それから3年ぐらいしたころ、「平凡パンチ」が休刊になるという情報が流れた。しかも最後の編集長に石川次郎が抜擢された。ライバル誌がない雑誌ほど寂しいものはない。シマジはトップの特集で「ぐぁんばれ平凡パンチ」と応援歌を送った。石川次郎編集長は「シマちゃん、有り難う」と礼状を送ってくれた。シマジはその礼状を読者のページに掲載した。そして「石川次郎編集長、あなたは業界人ですから謝礼はお支払いできません。悪しからず」と弁明の文を載せた。

石川次郎の話によれば、木滑良久さんのお骨は10月21日、3年前に亡くなられた夫人と同じ千葉の海に散骨されるそうである。いかにもシティボーイの木滑さんらしいではないか。合掌。

◎シマジの隠し子騒動、勃発の日

バーのカウンターに長いこと立っていると、いろんなことが起きるものである。

以下の話は、本書のPart4でも触れているが、まだ新宿伊勢丹メンズ館8階でやっていたとき、早い時間に一人でやって来たお客さまがシマジの顔をじっと見るなり「お父さん！」と叫んだのである。まだ30代前半の青年はこう語り出した。「ぼくは20歳で母を亡くしましたが、その母が亡くなる前に『お前の本当の父親は集英社の週刊プレイボーイ編集長だったシマジカツヒコさんだよ。いつかシマジさんを訪ねて行って、わたしに聞いたと告白しなさい』と言われたんです。母は若いとき銀座のホステスをしていました」。

シマジは泰然自若《たいぜんじじゃく》としてその青年の告白を聞いた。なぜならシマジが若いころから射精するときはバキュームフェラ専門だったのである。したがって子どもができることはない。だからブラックジョークを見抜いたのである。案の定しばらく話しているうちに「シマジさんはぼくの告白に微動だにしませんね」と青年のほうから白旗を振ってきた。その青年とはその夜一緒に食事をした。何とシマジの著作をすべて読んでいる熱狂的な信者だった。青年はクラシック音楽が好きで、いまでは年末の三枝成彰ベートーヴェンマラソンコンサートを一緒に聴きに行く。

西麻布にサロンドシマジのバーをオープンして3年と4カ月が過ぎたころ。そんなある夜、台湾に住んでいる青年が通訳を連れてシマジの前に座った。好男子の青年はシマジと目が合った瞬間、涙をいっぱい浮かべ嗚咽しだした。隣にいた松本チーフバーマンがシマジの耳にこう囁いた。「シマジさん、これは台湾の隠し子がシマジさんをお父さんと思って会いに来たんですよ」「松本、天地神明に誓うが、おれは台湾に行ったことがないよ」。すると廣江バーマンが小さい声で言った。「シマジさん、銀座で台湾系の女性と懇《ねんご》ろになったことはありませんか？」「断じてないよ」。

ひと泣きしたあと、台湾の青年は静かに話し出した。それを通訳が訳してくれた。「いままでぼくは台湾でシマジさんがボトリングしたドクロのマークのボトルを購入して、じっくり味わい感動してきました。そのシマジさん本人を目の前にしたら、感極まって嬉し涙が溢れてきてしまったのです。ごめんなさい」。これでシマジの第2の隠し子騒動は解決した。

青年の名前はジャッキー・Y・チェン。その日は45歳の誕生日だったという。彼は台湾にある「ルイーザ」というチェーン店のコーヒーショップのオーナーで、売上高は台湾でスターバックスを抜いてトップを走っているそうだ。ウイスキーが大好きで財力にものをいわせ、マッカランの１９２０年代ものをロンドンのオークションで2億円で落札したという。

「サロンドシマジのボトルでイチローズモルト羽生26マディラ　フィニッシュはまだありますか」

「ありますよ。ワンショット6万円です」と廣江バーマン。

「それを是非飲みたいです」とジャッキーは立て続けに2杯飲んだ。こんなにもシマジがボトリングしたシングルモルトを愛飲してくれる男性がいることに感動した。これから毎年2回は来店してくれるというではないか。極道はどこの国にもいるものだ。その遺伝子はセックスをしなくても、受け継がれていくのかもしれない。

◎塩野七生さん！　次はノーベル文学賞ですよ！

２０２３年10月21日の朝、シマジは沢山の方からメールをいただいた。すべてのメールの内容は、塩野七生さんが今年の文化勲章を授与されたという知らせだった。

「シマジさん、おめでとうございます。シマジさんの願いと予言通り、塩野七生さんがついに文化勲章を取りましたよ」

こんなメールで溢れていた。この日は土曜日。シマジはみなさまのメールで朗報を知ったのである。

さっそく、塩野さんにお祝いの電話をしようとしたが、ローマはまだ夜。日本時間午後5時に電話を入れた。ローマは午前11時だ。「シマジです。文化勲章、本当におめでとうございます！」「ああ、有り難う。シマジさん、あなたが予言した通りになったわね」「11月3日の親授式には出席なさるんでしょうか」「今回は息子のアントニオと行きます。アントニオはサロンドシマジのバーに行きたいといっているわよ」「それは光栄です。是非、美味しいウイスキーをご馳走しましょう」。

しかし、その後の話には耳を疑った。「皇居で行われる文化勲章の親授式には息子は入れないのよ。配偶者だけが列席できるんだけど、息子は別室で待機するのよ」。さらに、「今回の文化勲章の受章のためのローマ―東京間の交通費は宮内庁持ちなんですか」と訊くと、「それがシマジさん、前例がないとのことで、自費で帰国します」とおっしゃるではないか。

ちなみに上皇后の美智子さまは塩野ファンと聞いている。「今回の文化勲章の受章をいちばん喜んでいるのは美智子さまではないですか」「そうかもね。わたしの書籍はすべて美智子さまに献上しておりますのよ」「そうですか。上皇后だけでなく、塩野さんの『ローマ人の物語』を読んで、どれほどの日本人が啓蒙されたことか。文化勲章はもっと早く貰うべきだったと思います。わたしは30歳のころ、ドイツの作家テオドール・モムゼンの『ローマの歴史』を読み、続けて英国の作家エドワード・ギボンの『ローマ帝国衰亡史』を読破しましたが、その約20年後、塩野さんの『ローマ人の物語』を読んで感激しました。ギボンやモムゼンよりはるかに読みやすく、ワクワクするほど面白かったからです」。

現役の編集者時代、シマジが塩野さんにいきなり、毛筆の手紙を贈り、面会がかなった話は以前、このコラムでも書いた。いまから約20年前のことだ。「30分だけならローマで会ってもいいわよ、とお返事をいただき、指定のホテルイングリテッラに飛んで行ったことが昨日のように、思い出されます」「そうね。お互い話に夢中になり3時間くらいおしゃべりしたかしら」。結果、『痛快！ローマ学』という書籍を上梓《じょうし》できたのである。

「塩野さん、ドイツのモムゼンはノーベル文学賞を貰っています。次はノーベル文学賞を貰いますよ。塩野さんの『ローマ人の物語』は中国訳、韓国訳、そして英語訳も出ているではありませんか」「英語訳はわたしがどんなことを書いているのか、をアントニオに知って貰うために出版しているのよ」「ローマ大で考古学を学び、ラテン語に精通しているアントニオがアシスタントとして、どれほど塩野さんの仕事を助けてきたか、わたしはわかっています」

宮内庁並びに文化庁どの、粋な計らいはできませんかね。

◎秋の夜長の文学談義

昨2023年の秋のこと。講談社の編集者の小林さんが、サロンドシマジにやってきた。そして、「10月27日に門井慶喜さんがここに来ます」と告げられた。じつはシマジは、門井慶喜さんが直木賞を受賞した『銀河鉄道の父』を読んでいなかった。さっそく講談社文庫を購入して一気に読んだ。全編切なくて涙なしには読めない宮沢賢治の家族の愛の物語である。しっとりした作者の文章が心地よかった。ちょうどシマジより30歳若い。

その日、門井慶喜さんは講談社の2人の担当編集者とともにカウンターのシマジの前に座った。体格も威風堂々としていて、まさに今、作家として脂がのり、人生の真夏日を謳歌しているオーラが醸し出ていた。

「シマジさんが開高健さんとやった『水の上を歩く？　酒場でジョーク十番勝負』を以前、愉しませていただきました」

「ありがとうございます。まああれはジョークではいい勝負でしたが。エスプリではわたしの完敗でしたね。門井さんがいらっしゃるというので、さっそく『銀河鉄道の父』を読ませていただきました。正直感動いたしました。花巻には何度も取材しに行かれたのですか」

「いいえ、一度だけ行っただけです。シマジさんはどこが面白かったですか」

「宮沢賢治の妹のトシの存在が面白かったです。もし彼女が夭折しないで元気に長生きしていたら、同じく日本女子大学家政学部で勉強した平塚らいてうのような、女性解放運動家になっていたのではないでしょうか。そんな気がして読んでいました」

興に乗ってシマジは続けた。

「また賢治はトシを恋人のように可愛がるところも面白かった。宮沢賢治はトシと同じ肺炎悪化で37歳で亡くなりますよね。わたしの邪推ですが、宮沢賢治は生涯童貞だったのではないでしょうか。だからあんな美しい作品が書けたのではないでしょうか」

「さすがは伝説の編集長シマジさんらしい推理ですね」

「わたしの中学校の担任の先生が盛岡高等農林学校出身で理科の先生でした。賢治も同校を卒業し、学校で教えていましたね。わたしが習った千葉先生も大変面白い方でした」

「宮沢賢治も生徒に人気がありました。シマジさん、次は『文豪、社長になる』（文藝春秋）を読んでください。これは菊池寛を書いたものですが、シマジさんが親しかった今東光も登場します」

秋灯《しゅうとう》のバーではやはり、文学談議である。

「この美味しいウイスキーはイチローズモルトなんですね。ラベルにはサロンドシマジと書かれている。ドクロが葉巻を吸っている絵も凝っていますね」

「ありがとうございます。これはイチローズモルトの創業者、肥土伊知郎さんからの依怙贔屓です」

こうして、人の縁が繋がっていく。人生、改めて、出会いと運と依怙贔屓だ。それを繋ぐのが上質のモルトウイスキーなのである。

◎シマジが純真にして素朴だったころ

先日新丸ビルの6階にある中華料理店、四川豆花飯荘で、4年ぶりに岩手県立一関一高の同級会、三五会〈昭和35年卒業〉が催された。4年ぶりになったのはコロナのせいである。そこでは高校3年生のときのクラス別に席が設けられていた。

シマジの隣にはユニークな出版社、現代書館の創業社長の菊地泰博が座っていた。いまでも現場で旗を振っている現役である。大したエネルギーだ。しかも健康診断でどこも悪いところがないと豪語していた。多分同級生のなかで菊地がいちばん長生きするだろう。先日、阿部勝と2人で西麻布のサロンドシマジのバーに来てくれた。阿部勝は市川で不動産業を営んでいる現役社長で、いまなおぐぁんばっている。阿部勝は中学生のころは、岩手県で1、2を争うトップアスリートだったが、高校生の1年のとき、肋膜炎を患い留年、シマジと同級になった。阿部とシマジは会った日から無二の親友になった。文豪開高健も言っているが、15、16歳で親友になった2人は、生涯永遠の親友になれるものだ。開高健の終生の親友は谷沢永一だ。阿部には20代のころ本当に助けられた。もう一人ユニークなのは以前、衆議院議員をやった佐々木洋平だ。いまは北海道でヒグマのハンティングに興じている。

こうして81、82歳の同級生が36人集まった。驚いたことに高校時代は女性がクラスにポツポツだったのに、今日は半分は女性陣が占めているではないか。無念にも亡くなられた同級生の名前が呼ばれた。そのなかに及川槇子さんの名前があった。彼女はいつもシマジにハイボールを作ってきてくれて

「元気ですか」と声をかけてくれた。「まきちゃん、天国でオーセンティックバーを探しておいてください。いずれシマジも行きますから」と心のなかで囁き祈祷《きとう》した。亡くなった同級生のなかでシマジがいちばん落胆したのは、4年前に他界した千葉千治だ。一関一高に入学してたまたま席が隣同士になった。彼は中学生のときに大人向けのアルセーヌ・ルパン全集を耽読《たんどく》していて、すぐ肝胆相照《かんたんあいて》らす仲となった。千治は3年生のとき、柔道部の主将になり、応援団長としても活躍した。

今年で14回目となる三五会の同級会も「最終回にする」と幹事から伝えられた。幹事のひとり、高岡繁の母親とシマジの愚妻の母親は大親友だったので、高岡には義母を火葬したとき同席してもらった。彼は新日鉄出身で真面目である。

四川豆花飯荘の料理はフカヒレがついて7000円だった。もうひとりの幹事、牛崎がここを傘下にしているグリーンハウスレストランの役員をしていた関係だという。なるほど、依怙贔屓値段になるのがわかった。

高校の英語の先生をしていた権守《ごんのかみ》圭子さんがスピーチの代わりに独唱してくれた。その歌唱力には驚愕した。小学生のころから現在に至るまで、コーラスグループで歌っているそうだ。

いまから20年以上前、一関一高出身の同窓生を相手に、シマジは講演をしたことがある。その幹事をしてくれた西城精一ドクターも盛岡からかけつけてくれた。高校時代は汚れもなく美しい年頃だ。とめどなく思い出が溢れてくる。最後の同級会は切なく寂しいが出席できたシマジは幸せである。

◎夏目漱石の『夢十夜』の驥尾《きび》に付《ふ》して……、シマジは、こんな夢を見た

第一夜。シマジはこんな夢を見た。ほぼ毎週いらっしゃる常連客のウッドマスターの佐藤柱也さんが、サロンドシマジの3周年記念の2023年4月7日、お祝いのお花の代わりにいつものモヒカンヘアをさらに逆立てて真っ赤に染めて現れた。

「みなさま、これで3周年の餞《はなむけ》といたします」と、柱也さんはペコリと頭を下げた。これぞロマンティックな愚か者からロマンティックな愚か者への究極のプレゼントではないか。シマジの脳細胞に強烈なインパクトを与えたのだろう。数週間後、シマジは夢の続きを見た。もう30年も毎週通っているフェリス美容室の店主宮藤誠へアメイクに無理矢理頼んで、金髪に染め上げた上にモヒカンカットにしてもらい、胸を張ってバーに向かった。松本チーフバーマンと廣江バーマンが目を丸くして「シマジさん、そのヘアスタイルはシマジさんに似合っていません。うちのバーの雰囲気を壊しますので今夜は休んでください」と言われたところで目が覚めた。

第二夜。何を思ったのか、シマジはいままで関わった女性たち約1000人近くを帝国ホテルの富士の間に招待した。MCはバトラー水間にしてもらって、シマジのスピーチがはじまった。

「ここにお集まりのみなさまに、ある時期シマジを磨いていただきましたので、まあまあこのような男になりました。心より感謝しております。どうして今夜はシマジが高い壇上からスピーチをしたく

なったのかといいますと、じつはシマジも昨年、81歳のときに人並みに前立腺がんになりまして、専門のドクターに『約1週間の入院をして全摘手術するか、毎日定刻に39回当病院に通っていただき放射線治療をするか、を選ぶように』と言われたのです。シマジは迷わず放射線治療を選びました。それは若いとき、みなさまに愛しく可愛がっていただいた前立腺を全摘で失うことは忍びなかったからでございます。またここではっきりと告白しますが、みなさまから愛されたシマジの一物はもう単なる泌尿器でしかなくなってしまいました。いままで本当に可愛がっていただき、ありがとうございます。体感した目眩《めくるめ》く思い出は決して忘れることはございません」

とここで、おれは一体何をやっているんだろうとハッと気がつき、深夜ぐっしょり寝汗をかいて目が覚めた。

第三夜。とある出版社からこの世にいままでなかった奇抜な雑誌を創刊してくれないか、直々に依頼があった。シマジが夢のなかで閃いた雑誌のタイトルは「掃苔」であり、クオータリー雑誌である。まず夏目漱石の墓参りからはじめようか。日本史に名を残した文豪、政治家、起業家、医者等々の墓参りをして、お墓のなかに眠る偉人たちと対談する企画はどうか。そしてこの企画を毎週サロンドシマジのカウンターに陣取ってくれているワタナベエンターテインメントの吉田正樹会長に相談したところ、フジテレビも紙媒体とタッグを組んで映像化することになった。吉田さんは、「笑う犬の生活」「トリビアの泉」「爆笑レッドカーペット」といった人気番組を企画・制作した辣腕プロデューサーである。……シマジの夢は俗悪に満ちているが、こうして書き連ねると改めて文豪・漱石の偉大さと、その夢の格調の高さに気づくのである。

◎ダンディな文豪の早すぎる死を哀悼してやまない

伊集院静は稀代の名文家であり、作家としては珍しく達筆家だった。子供のころから習字を母親に習ったのだといっていた。シマジが67歳で集英社を引退したとき、「遅れてきた新人島地勝彦を励ます会」が東京會舘で催された。多忙のなか出席してくれた伊集院は、その後、太字の万年筆で伊集院静用箋の400字の原稿用紙をいっぱい使い、勢い余って升目からはみ出しそうな元気な達筆で、シマジに励ましの一文を贈ってくれた。

「前略島地勝彦殿　先日はパーティーにて元気な顔を眺めることができて嬉しゅうございました。懐かしい顔も並んで、一家言ある好々爺、淑女の中で貴方が誰よりも溌剌としていたのに安堵しました。威張って誇るべきことです。〈後略〉では再会を期して。伊集院09、2、14」

シマジはこの原稿をさっそく額装して、毎日何度も読めるように、トイレの正面の壁に飾った。そして心寂しいときは声を出して何回も読んだ。すると瞬時にして元気が戻ってくるのである。

2023年に発売されたシマジの文庫本『時代を創った怪物たち』（三笠書房）を贈呈したときも、わざわざ返信をくれた。

「文庫本を頂き、有難う。じっくり読ませて貰います。乱筆乱文、失礼。ご自愛を。伊集院静　2023　6、14」

伊集院は豪放磊落《らいらく》の人ながら、几帳面な性格であった。その一面の表れであろう。伊集院静からのいちばんの贈り物は、シマジが79歳の誕生日にオープンした西麻布のサロンドシマジへのお祝いだった。大きな花がついている桜の枝の束だった。胡蝶蘭ではなく、ユニークさに驚かされた。

3年前、伊集院はくも膜下出血に襲われた。シマジが愛読していた週刊現代の「それがどうした」が休筆になった。連載はまもなく再開されたのでホッとした。ところが今年の10月に胆管がんの治療のため、再び休載となった。そして11月24日、伊集院静の急逝が報じられた。本人がどんなに無念であったことか、と想像を絶する。最愛の奥方、篠ひろ子さんをはじめ、故郷にいまも元気で暮らしている101歳のご母堂を残して、この世を去ったのである。

じつは今年の11月17日、帝国ホテルで集英社出版四賞の授賞式パーティーが4年ぶりに再開された。いつも柴田錬三郎賞の審査員席に座っている伊集院の姿が見られなかったのは、寂しかった。伊集院はいつも必ず柴田錬三郎先生のひとり娘、美夏江ちゃんのところに挨拶に来てくれたのである。

伊集院は、1994年に「機関車先生」で柴田錬三郎賞を受賞した。柴田錬三郎をことのほか、尊敬していたので、喜びはひとしおだった。

せっかく名門、相模カンツリー倶楽部の会員になったのに、シマジは慢性座骨神経痛に罹ってしまったため、プレーできなかった。それが残念でならない。

天国には有名な「パラダイスカントリークラブ」というチャンピオンコースがあるそうだ。伊集院よ、さっそく挑戦してみてください。いずれ一緒に毎日プレーしましょう。合掌。

◎柴田錬三郎賞の誕生秘話

シマジが集英社に入社した年の10月末に、「週刊プレイボーイ」が創刊された。くどいようだが、やっぱり人生は運と縁と依怙贔屓である。7月からはじまった創刊準備室で毎日編集会議が行われたが、その編集部に運良く新人のシマジも参加させてもらった。これは最終面接の際、「集英社はアメリカの「PLAYBOY」のようなエスプリとエロスを合体した新しい雑誌を創刊すべきだ」と豪語したことが、本郷保雄専務に伝わった縁と依怙贔屓である。

そんなある日、本郷専務が編集会議に現れた。

「シバレンが『週刊プレイボーイ』で若い読者相手に人生相談をやってもいいといってくれた。五十嵐君（編集長）、誰に担当してもらおうか」

大人気作家のシバレン先生である。並み居る先輩編集者たちは机の下に隠れるように脅えていた。そこですかさずシマジは挙手し「わたしにやらせてください」と叫んだ。

「文豪と新人か。面白いな。明日、高輪の柴田家に連れていってあげよう」

じつはシマジはシバレン先生の小説を貸本屋でほとんど読んでいた。熱狂的なファンだったのである。「週プレ」で人生相談という本郷さんのアイデアは、ヘフナーの「PLAYBOY」誌の人気連載、「プレイボーイアドバイザー」にヒントを得たのだろう。創刊号を飾ったシバレン先生の人生相談のタイトルは「キミはやれ、俺がやらせる」だった。

この連載は1年半、続いた。シマジは最終回、もうシバレン先生に会えなくなるのがつらくて、「柴田先生、これからも毎週お会いしたいのですが」と懇願した。「いいよ。毎週1回、飯を食ったり、銀座に行こう」と承諾してくれた。シマジより24歳上の柴田錬三郎先生は55、56歳と思えないほど元気だった。

あるとき四国の船舶王といわれた坪内寿夫さんを紹介してくれた。ホテル奥道後の大きな和室で待っていると、巨漢の坪内さんが現れて、われわれの前に座った。「シマジです。よろしくお願いします」と頭を下げた途端、坪内さんは巨漢を起こしシマジの真ん前に座り直すと、「坪内です」と名刺を出された。あとでシバレン先生から「今日はシマジの負けだな。挨拶は先手必勝だよ。覚えておけよ」と言われた。

熱狂的なシバレンファンの坪内さんは柴田先生だけがメンバーのチャンピオンコースを作ってくれた。そこには百日紅《さるすべり》の樹だけが植えられているホールがあった。

その後、柴田先生には横尾忠則画伯とタッグを組んでもらい、時代小説「うろつき夜太」を書いてもらった。毎週グラビア4色、6ページを使う豪華絢爛《けんらん》の連載を1年間続けた。この間、両先生は高輪プリンスホテルに缶詰めになってもらった。その1枚の絵がサロンドシマジのバーに飾られている。横尾画伯が気前よくプレゼントしてくれたのだ。

週刊新潮の人気連載「眠狂四郎」の最終回には狂四郎と同じ、混血の西洋占い師が登場、「死相が出ている」というセリフを吐くが、これもシマジのアイデアを先生が採用してくれたものだ。連載後、柴田先生から「眠狂四郎」の1000枚近い生原稿をいただいた。

◎続・柴田錬三郎賞の誕生秘話

「週刊プレイボーイ」で人気を博した今東光大僧正の「人生相談」もの『極道辻説法』は柴田錬三郎先生のご紹介がなければ実現しなかった。その今東光大僧正が80歳で入寂して、暫くして今度は柴田錬三郎先生が病に倒れ、慶應義塾大学病院の特別室に入院された。シマジは三日にあげず病室にお見舞いに伺った。白血病だったのだが、不思議な病気で、寛解が訪れると、熱もなく元気になられる。いまでは医学も進歩し、白血病になったアスリートも元気に再起しているが、50年前は不治の病の一つだった。

病と闘う柴田先生が寛解のとき、「シマジ、長良川に行って釣ったばかりの鮎の天麩羅を食べたい」と言ったので、文藝春秋社の樋口進先輩に相談した。すると樋口さんは魔法を使ったごとく、柴田先生御夫妻、ひとり娘の美夏江さんを連れ出し、1週間後には、長良川の船上で5人は鮎を賞味したのである。

愉しい旅から帰ってきてまもなく、柴田先生は日に日に病状が悪化した。

「シマジ、すべてが面倒くさくなってきた」「そんな心細いことはいわず、愉しいお話をしましょうよ。そうだ。柴田先生、将来、集英社に『柴田錬三郎賞』をいただけませんか」

先生は一瞬考えてから、たまたま同室していた栄子夫人とひとり娘の美夏江さんを見ながら、こう言った。「お前たち、ようく覚えておけよ。俺が死んだら、シマジが集英社に『柴田錬三郎賞』を作ることの保証人になってくれ。頼んだぞ」「お父さま、わかりました」と夫人とお嬢の声を聞いたとき、シマジは感極まって泣きそうになった。それからひと月もしない1978年6月30日未明、文豪は眠るがごとく亡くなられた。

月日が流れ、柴田先生の七回忌が終わったある日、新潮社の新井専務から電話があった。

「シマジさん、新潮社新井です。わが社で『柴田錬三郎賞』を作ろうと高輪に行ったら、未亡人に、『それは嬉しいですけど、無理なんです。亡くなる前に集英社のシマジさんにうちの主人が約束してしまったんです』と言われたんだが、どうだろう。シマジさん、眠狂四郎を長いこと『週刊新潮』で連載したことだし、集英社より新潮社のほうが座り心地がいいと思うんだが、うちに譲ってくれませんかね」「新井専務、それは無理です。もう集英社で動いているのです。申し訳ありません」とシマジは毅然として断った。

その足で若菜社長室に飛んで行って、一部始終を告白した。じつは柴田先生が亡くなられて10年したら『柴田錬三郎賞』を作ろうと思案していた。それまで温めていたのである。「シマジ、わかった。これはいい話だ。いまから小学館の相賀社長に相談して決めてくるから、ここで待っててくれ」と若菜社長は社長室を飛び出した。待つこと15分、若菜社長がニコニコしながら、戻ってこられた。「シマジ、相賀社長も喜んでおられたよ。さっそく、役員会にかけて『柴田錬三郎賞』を作ることにする」。

1988年11月17日帝国ホテルで開催された第1回柴田錬三郎賞の受賞者は、高橋治の『別れてのちの恋歌』だった。これは直木賞を取って脂の乗った作家が貰う賞である。高橋治は嬉しさのあまり、泣きながらスピーチした。そのシーンはいまも鮮明に思い出すのである。

眠狂四郎無
ローマ帝国衰亡史8
E・ギボン
ちくま学芸文庫
ローマ帝国衰亡史5
第31-38章
E・ギボン
朱牟田夏雄 訳
ちくま学芸文庫
ローマ帝国衰亡史4
ローマ帝国衰亡史3
第17-23章
E・ギボン
ちくま
ローマ帝国衰亡史2
第11-16章
中野好夫 訳

Part 4

本と映画の日々

書籍・映画・ドラマ・演劇・音楽などのコンテンツ批評

◎免疫力を高めるために一日一回大笑いしろ！

開高健さんは数々の名言、格言を残している。「読め、耳を立てろ。目を開いたまま眠れ。左足で跳べ。遊べ。飲め。抱け。抱かれろ」など、エネルギッシュで退屈を知らない男であった。集英社に入社し、「週刊プレイボーイ」に配属されたシマジが担当した一人が開高さんである。

開高さんは豪快に笑う人でもあった。そこで、今週の格言なのだが、大笑いできる笑い薬のような名著もお教えしよう。

いまから38年前、開高さんの胸を借りて、「サントリークォータリー」誌上ではじめた「ジョーク十番勝負」である。『水の上を歩く？』という書名で、いまCCCメディアハウスから蘇生版が発売されている。開高さんとシマジが全身を捩《よじ》って大笑いしている写真が懐かしい。

そのなかの傑作ジョーク——。

〈シマジ「あるレストランに開高健みたいな恰幅のいい紳士が入ってきて、ホロホロ鳥のまる焼きを注文した。それも、ジャマイカ産をくれ。焼けるまで67年のラターシュを出してくれっていう。ウエイターが驚いてシェフのところへ飛んでいって、『大変な客がきたゾ、ジャマイカ産のホロホロ鳥をくれだって』『弱ったなぁ、ジャマイカ産は今日は入っていないんだ。ジョージア産のホロホロ鳥じゃダメか』『まあ、いいんじゃないですか。わかりっこないですよ』というんで、ジョージア産のホロホロ鳥を焼いて出した。すると開高健みたいな紳士が、右の人差指をなめるとホロホロ鳥の肛門に入れ、指を抜いて匂いを嗅ぎ、それをなめてみて、『なんだこれは。わたしが注文したのはジャマイカ産のホロホロ鳥だゾ。これはジョージア産ではないか!』って。ウェイターは、『うぇーっ』と恐縮して、シェフのところへ駆けもどった。

『シェフ、ばれちゃいました。どうしましょう』『どうしようったって、後はフロリダ産のホロホロ鳥しかないぜ』『仕方がないから、それでいってみましょう。フロリダならジャマイカにも近いじゃないですか……』

ラターシュのグラスを傾けているところへ、フロリダ産のホロホロ鳥のまる焼きが運ばれてきた。で、ミスター・カイコウライクがまた人差指をなめ、鳥の肛門に指を入れ、その匂いを嗅ぎ、なめてみてふたたび叫んだ。『何だ、これはフロリダ産のホロホロ鳥じゃないか!』

驚いたウェイターは後ろを向くとズボンをずり落とし、『ミスター、わたしはどこ州の生まれでしょうか? わたしは棄て子で、出身地がどこかわからないのです』ってね」

開高「ワッハハ、オーファン(みなし児)か」〉

コロナ禍の時期は、バーは時短で早く終わっていたので、シマジも自宅のテレビをよく観た。あるとき、たまたま「ドリフ大爆笑」をやっていて大笑いした。新型コロナウィルス感染症に罹患《りかん》して亡くなった志村けんは、不世出の天才である。映画ならば若手詐欺師がだましを競う「だまされてリビエラ」に大爆笑した。

愉しい驚きと笑いは、人生の潤滑油である。笑い、飲み、食い、抱く。コロナみたいな病気を吹っ飛ばすにはこれしかない。志村を笑わせる人はいなかったのだろうか。

◎ロシア人はアネクドートが大好きな国民である

たまたまスマートニュースを観ていたら、いまロシアで密かに流行っているアネクドート〈小話というかブラックジョークというか〉が載っていた。

「ゼレンスキーは一介のコメディアンだったが、戦争を通じて偉大なる指導者になった。一方、プーチンはもともと偉大なる指導者だったが戦争を通じて、一介のコメディアンになった」

言い得て妙ではないか。また地下壕を愛人と一緒に転々としているプーチンに「塹壕じいさん」というニックネームが付いているのも愉快である。1989年に、シマジは文豪開高健とジョーク対談『水の上を歩く？ 酒場でジョーク十番勝負』を上梓したと前回書いたが、そのときもロシア人のアネクドートを掲載した。面白いアネクドートを抜粋してみよう。

島地 シベリアへ流された終身刑の男が4人いて、お互いにどんな罪状でこんな境遇になったのかを、薄暗い陽光のもとで話しあっている。第一の男が言う。「私は1934年にポポロヴィッチを誹謗した罪で流されたんだ」。次いで、第二の男。「私は1938年、同志ポポロヴィッチを賞賛したためにぶち込まれたんだが」。すると第三の男が言うわけです。「私がそのポポロヴィッチなのだ」。最後の男が肩をすくめてこう言った。「このジョークを何度も口にしてたんで私はここにこうしているんです」。

開高 なるほど。なかなかいい。ソ連についてはこの種のジョークが多いけれど、古典的な傑作を一つ。ブレジネフ書記長が夫人に、もし今、わが国の国民の出国を全面的に許可したら、われわれ2人しか残らないかもしれんな——と言うと、夫人が答えた——われわれ2人って、あなたと誰なの？

島地　名作ですよ、これは。ソ連国民が出国するっていう話で思い出したけど、アメリカ人がロシア人に自慢話をしていて、オレは毎年、自動車で外国旅行しているんだがと言うと、ロシア人いわく——オラッチは毎年というわけではないけど、外国へはいつも戦車で行くんだぜ。

開高　面白い。蒙古人のユーモアのセンスも、なかなかなもんでな。マルクスレーニン万歳ばかり叫んでいても士気が上がらないと、世界中から女を集めて、あそこの技術コンクールを開いた——と思ってくれや。

島地　公開審査ですか。

開高　そうや。もちろん。厳しい予選を通過して最終的に三人の女が残った。アメリカと、日本と、ロシア人の女や。

島地　ほう。どんな技術です？

開高　アメリカ女はあそこで口笛を吹いて「星条旗よ永遠なれ」を演奏した。日本の女は、あそこへ松の実を入れ、皮と実をわけてみせた。最後のロシアの女、これが凄い、まず厚板に五寸釘を叩きこみ、それから釘の頭をあそこにはさんで抜いてみせた。

ロシアでは密かに「ロシア軍は偉大なるプーチン大統領の侵略のお蔭で、ウクライナ領内で2番目の強力な軍隊になった」と嘲弄されている。しかし、ゆめゆめ彼らを甘くみてはいけません。

◎バーカウンターは人生の勉強机である

どこのオーセンティックバーも暗くて静謐な空気のなか、耳を澄ますと、小さな音量でジャズが流れている。そう、オーセンティックバーとは静けさと孤独を味わう場所である。独りでふらっと来て、オールドレアなモルトウイスキーを嗜む。あるいはバーマンが吟味したカクテルを賞味する。つまみはバーマンとの静かな会話がすこしあればよい。

映画好きなバーマンは、お客さまに最近観た映画を薦めるだろう。すこし前の話になるが、シマジバーマンは、コロナ禍の長い休業中に観て印象に残った映画3本を紹介する。アカデミー賞を受賞した「ノマドランド」は、放浪する年寄りの集団生活のなかに現代アメリカの哀愁が漂うドキュメンタリータッチのロードムービーの傑作であった。「ファーザー」は認知症の老人を演じるアンソニー・ホプキンスが圧巻だ。「アメリカン・ユートピア」は元トーキング・ヘッズのフロントマン、デイヴィッド・バーン率いるミュージシャンたちが歌うドキュメンタリー映画。こころウキウキ愉しくなった。

本好きのバーマンは自分が気に入った本の話をするだろう。近ごろシマジバーマンの感動した本は、最近復刊された桶谷秀昭著『昭和精神史』（扶桑社）。戦前篇と戦後篇の2冊である。昭和生まれならば必読の名著で、その分析は目から鱗。もう一冊は『岸惠子自伝』（岩波書店）。女優であり作家である岸惠子の現在（88歳当時）までの人生を、達意な文章でユーモラスに綴っている。おまけの一冊はベン・マッキンタイアー著『ＫＧＢの男』だ。本当にあったスパイ事件のノンフィクションで、彼には伝説の二重スパイを描いた『キム・フィルビー　かくも親密な裏切り』（ともに中央公論新社）という名著もある。

　オーセンティックバーはときに〝教会〟にもなる。じつは〝シマジ神父〟に懺悔するお客さんは数多い。「マスター、わたしはいま同時に3人の女性と付き合っています。3人の女性を同じくらい愛してるんですが、このままでいいんでしょうか」「わたしがあなたぐらいのとき、同時に7人の女性と付き合っていたことがありました。その7人の女性たちが同時に生理になったときは、ホッとした記憶があります。そのころ流行っていた〝惑星直列〟ならぬ〝生理直列〟だったのですよ。いま80歳になって、記憶は忘却の彼方へ消えつつあります。ですから、お客様の〝良心なき正直者〟がまだ元気なうちは、誰憚ることなく、思い切り淫《いん》し合うことです。ところであなたは結婚されてるんですか」「いえいえ、41歳、独身です」「遠いむかしの話ですが、わたしは結婚した直後から食欲はすべて外食で、性欲はすべて外マンの〝極道者〟でした。人生はあっという間。すぐに燦たる夕日のなかに、独りでぽつねんと立っている自分に気づきます」「マスター、今夜は気分が高揚してきたので、久しぶりにポート・エレンを飲みたくなりました」「かしこまりました。あっ、そうそう。もう一つ、女にモテる男は別の女の匂いが隠せないものですよ」「……」

　こういう懺悔はバー独特のものだ。バーマンは会社の上司でもないし、親友でもない。店から出れば、それっきりだが、バーという異次元の空間では罪を共有したくなる。だから、問わず語りで秘密をしゃべる。コロナ禍のときは、世間は時間人数制限の〝禁酒法〟に従っていたが、罪深き人々はどこで懺悔をしていたのだろうか。

◎人生でいちばん愉しいのは年老いてからの勉強である

シマジもご多分に漏れず、学生時代は課題の勉強にまったく身が入らなかった。それでも小中のころは上位にいたが、高校生のころから歯が立たなくなった。とはいえ、ろくに受験勉強もせず、1浪して青山学院大学に入った。そして、1年生のときに、シマジは見事落第した。確か、落第生はシマジ1人だったと記憶する。それでも大学は卒業した。だから、集英社の入社試験を受ける権利を取得したのである。まあ大学卒という肩書は、社会人になるためのパスポートみたいなものなのだろう。

シマジは本や雑誌を読むことに小学4年生のころから目覚めて、小学生のうちに鱒書房の「アルセーヌ・ルパン全集」を読破し、中学生のころは「シャーロック・ホームズ全集」（新潮社）を読み、高校生で「サマセット・モーム全集」（同）を隅から隅まで読んだ。大学生のときは学校に行かず部屋に閉じこもり、筑摩書房の「世界ノンフィクション全集50巻」を朝から晩まで読んでいた。こうした読書経験が編集者になったとき、どれほど武器になったことか。そのころの翻訳者は名文家が多く、中野好夫、延原謙など際立っていた。その名文家たちの影響をもろに受けた。

忌《い》まわしきコロナ禍の緊急事態宣言の真っ只中には、シマジのバーは6週間の休業を余儀なくされた。〝長い夏休み〟だと思って、いままで読んだことのない名著を紐解き、貪るように読んだものだ。

それは山梨の山荘に閉じ籠もっている集英社時代の同期で、畏友の広谷直路から送られてきた。中江兆民著『三酔人経綸問答』（岩波文庫）である。

この文庫には、中江兆民の格調高い文語調の原文の他に、桑原武夫らの現代語訳が収められている。最初に現代語訳があり、なかほどから兆民の原文がはじまる。シマジはまず兆民原作を1ページ読み、現代語を読んで照らし合わせている。この作業がじつに愉しく、漢字の勉強にもなる。

シマジがいつも愛用している辞書は『新潮日本語漢字辞典』である。これは漢和辞典にもなり、国語辞典にもなるスグレモノだ。2007年初版だが、その当時、シマジは新潮社に電話を入れて、この辞典を編んだ小駒勝美さんにコンタクトを取って、直当たりした。漢字の博覧強記の大先生の知遇を得て、その後、何度か食事をして飲んだ。いまでもシマジはわからない漢字に遭遇すると、ご教授願う。小駒教授からはクイックレスポンスで返事が戻ってくるのである。

例えばシマジが「小駒尊兄、質問があります。最近亡くなられたエリザベス女王2世のフィリップ王配についてです。愛用している『新潮日本語漢字辞典』を調べましたが、王配という言葉はどこにもありません。何を意味するのか、お教えくださいと質問する。

「王配とは女王の配偶者の名称で、英語でｐｒｉｎｃｅ　ｃｏｎｓｏｒｔあるいはｋｉｎｇ　ｃｏｎｓｏｒｔといわれています。フィリップ王配の死によって現在世界中に王配は1人も居なくなったらしいです。この語は『日本国語大辞典』『広辞苑』にも出ていません。『新潮日本語漢字辞典』に出ていなくても仕方ないとお許しください。小駒拝」

漢字の勉強は面白い。でもコロナ禍に際し、日本政府は情けないことに、「蔓延防止等重点措置」を「まん延防止」云々とした。せめてルビを振ってでも、蔓延という漢字を使って欲しかった。「蔓」の字は怪奇的なイメージもあり、おどろおどろしいではないか。

◎健康そうに見える。金持ちそうに見える。モテそうに見えることが肝心だ

この格言、歴史の偉人のなかにお手本がいる。フランスの大文豪、バルザックである。バルザックは金持ちそうに見せようと、貴族の出でもないのに敢えて「ド」を名前に入れて、オノレ・ド・バルザックと名乗った。パリの高級仕立屋に何着もの服を作らせ、高価なステッキを突きながら、貴族の夫人たちが開く文化サロンに通った。そこで同じ作家のヴィクトル・ユゴーやアレクサンドル・デュマと親しくなった。

バルザックは第一級の傑作をいくつも残した。その一つ『ゴリオ爺さん』（岩波文庫他）を読まなかったら、1年間部屋に引き籠もっていた20歳のシマジはどうなっていたのかと、いまでもときどき考えさせられる。この小説は、パリの大きな下宿屋が舞台だ。大学で法学を学ぶ学生ラスティニャックはじめ、医学生のビアンション、稀代のペテン師ヴォートラン、そして、ゴリオ爺さんが一緒に住んでいて、さまざまな人の人生模様が描かれている。小説の結末で、ラスティニャックがゴリオ爺さんをパリ北東部のメニルモンタンの丘にあるペール・ラシェーズ墓地に埋葬する。そのとき、夕なずむパリを眼下に睨み、「さあ、今度はおれとおまえの一対一の勝負だ！」と叫ぶ。その劇的な場面を読んだとき、シマジは突然、元気になった。「そうだ、シマジも東京と一対一の勝負しよう」と一大決心したのである。だからバルザックの「ゴリオ爺さん」は迷えるシマジを救った小説である。

バルザックは若いときレストランで100個の生ガキをぺろりと平らげた。稀代《きたい》の健啖家として知られる文豪は74冊もの長編小説を書いた。一連の小説群の登場人物は2000人に及び、「人間喜劇」と呼ばれた。しかし、そんな執筆の過労と暴飲暴食が祟って、バルザックは51歳までしか生きられなかった。臨終のときバルザックは「ビアンションを呼んでくれ」とうわごとのように繰り返した。ビアンションとは、バルザックが小説のなかで登場させた名医である。

そんな大文豪のバルザックだが、若いころは、小説を書くより印刷業や出版業のほうが儲かると思い、大金を投資し、莫大な借金を背負った。そして、その借金は2人の貴族の未亡人に支払ってもらった。バルザックの女性遍歴のお相手は、年上でお金持ちの貴族の未亡人と決まっていた。

晩年、相変わらず10万フランの借金を背負っていたが、長年愛し合っていたポーランドのハンスカ伯爵の未亡人と結婚した。このとき、バルザックは重い病に侵され、ベッドから立ち上がることさえできなかった。そして、結婚5カ月後にバルザックはこの世を去った。再び未亡人となったハンスカ伯爵夫人が10万フランを肩代わりしてくれたのだ。

シマジの大好きな伝記作家シュテファン・ツバイクは『バルザック』(早川書房)でこう書いている。

「墓地はペール・ラシェーズが選ばれた。バルザックがいつもこの場所を愛していた。ここから彼のラスティニャックはパリを眺めやってそれに挑戦したのだ。ここが彼の最後の住家、債権者から安全に守られ、休息を見出した唯一の住家だった」(水野亮訳)

弔辞を読んだのは友人のヴィクトル・ユゴー。バルザックは自らが描き出した絢爛《けんらん》豪華な「人間喜劇」のなかを生き切ったのだ。現実世界の下世話なカネの話など取るに足らないことだったにちがいない。

◎お宝本は本棚の未読の書籍のなかにある

シマジは横になりながら長時間本を読む癖が子供のころからあった。それが80歳になっても続いている。これはなかなかいい習慣で、読んでいる本がつまらないときは、自然と睡魔に襲われてしまう。要するに、シマジが眠らなかった本はオモシロイのだ。この方法でふるいにかけられた本を4冊紹介したい。読んだ時期はコロナ禍の最中。87日間という長いバーの休業中、唯一の恵みは読書三昧に耽ることだった。本棚にある未読の書籍を片っ端から取り出し、徹底的に読んだのである。

『ノマド』（ジェシカ・ブルーダー著、鈴木素子訳／春秋社）。

この本は「ノマドランド」というタイトルで映画化され、2021年のアカデミー賞に輝いた。発刊は映画の3年前でサブタイトルに「漂流する高齢労働者たち」とある。年老いた車上生活者たちの実態を描いたものだ。作者自身がキャンピングカーを買って、この集団のなかに入り、一緒に車上生活を体験した。リーマン・ショック後、とくに中産階級で増加したアメリカの没落者たちは、自分たちを「ホームレス」ではなく「ハウスレス」と呼んでいる。キャンピングカーを住処とし、季節労働者となって、各州を漂流するのだ。家のローンを払えなくなったり、年取って仕事を失ったりした人たちの現実の暮らしが活写される。ついにアメリカンドリームは崩壊したのか。

『宿無し弘文』（柳田由紀子著／集英社インターナショナル）。

舞台は70年代のアメリカ、ヒッピー時代。曹洞宗の大本山永平寺から布教のためにサンフランシスコに派遣された禅僧、弘文の足跡を膨大なインタビューで綴ったノンフィクションだ。アメリカ在住の著者は多くのアメリカ人をはじめヨーロッパ人にも徹底取材をして、功績をあぶり出し、かのスティーブ・ジョブズが師と仰いだという弘文の核心に迫っていく。弘文はスイスで謎の死を遂げるのだ。スリリングで面白かった。２０２１年の日本エッセイスト・クラブ賞に輝いた作品である。

『知られざる魯山人』（山田和著／文藝春秋）。

この本はかなり前に大宅賞を受賞したノンフィクションの傑作だ。北大路魯山人は独学で料理はもちろん、書や絵を学び、陶器に色をつけて焼き、ついには篆刻家として腕を振るった。魯山人は尋常小学校しか終えていないのに、漢籍の教養も身につけた天才であった。魯山人は稀代の料理人らしく、死因は生の鱒やタニシの食い過ぎが祟った肝臓ジストマだった。著者は、父親が魯山人と親しかった関係で、子供のころから魯山人の器で食事をし、父親から魯山人の魅力を聞かされていたからだろう、傍若無人の怪物、魯山人を愛情込めて描いている。もうこういう破天荒な人間は出ないだろう。

『ベイツ教授の受難』（デイヴィッド・ロッジ著、高儀進訳／白水社）。

主人公のベイツ教授はひどい難聴で他の登場人物とのトンチンカンなやりとりが面白い。アレックス・ルームという27歳のフルボディの大学院生がベイツ教授を色仕掛けで落とそうとする。アレックスはアメリカからの留学生。もう一人の教授は簡単に彼女に籠絡されるのだが、ベイツ教授はどうなるか。この小説はコミックノベルと呼ばれ、ユーモア小説を超えて、深く人間について考えさせられる新ジャンルだ。ロッジはその大家である。老いとは何か。普段はそんなことは考えない。休業中のバーのなか、読者にそれなりの覚悟を求めるからこそ未読となった書にしみじみとした宝があった。

◎中国でもジョークは大衆の潤滑油なのである

本屋でたまたま見つけた笹川陽平著『紳士の「品格」3――「中国の小話」厳選150話』」（PHP研究所）は一読に値した。シマジは開高健文豪と「ジョーク十番勝負」の対談をやったことがあり、自家薬籠中のジャンルである。でも中国のジョークは寡聞《かぶん》にして知らない。以下、一部を抜粋した。

毛沢東の著作

毛沢東は揚開慧とは初婚で、「実践論」を書き上げた。賀子珍と再婚したが、いつも喧嘩していたので、「矛盾論」を書き上げた。毛沢東は江青と洞窟に三日三晩入りっきりで、四日後には疲れ切った顔で手に「持久戦を論じる」を持って出てきた。解放後、毛沢東の身辺には多くの女性がいて、身分階層もさまざまであった。そのため数年後「十大関係を論じる」を書き上げた。

無学は幸せの場合もある

宴会の席上での男性同士の会話。男は、遺伝子組み換え食品が話題になると、テーブルを囲んでいる仲間に対して、「これ以上遺伝子組み換え食品を食べるな」と、がぜん雄弁になった。「遺伝子組み換え食品は何よりも子供たちに多大な被害を与えるぞ。遺伝子鑑定をした結果、せがれはどうも俺と合わないいんだよ。これはすべて遺伝子組み換え食品が悪い。食べ過ぎると遺伝子まで変わってしまうから注意しろよ」。同じテーブルの人が唖然としながら「その情報は誰から得たのか」と聞くと「家内からだ」と、誇らしげに答えた。

妻の浮気

妻が浮気現場を旦那に押さえられてしまった。旦那が拳を振り上げて問い詰めた。

旦那「死ぬ前に言いたいことがあるのか?」

妻「こうなった以上、殴るも殺すもあなたの勝手だわ。あなたのような約束を守らない人にはもう何も言いたくない」

旦那「俺がいつ約束を守らなかった?」

妻「だって今晩は帰ってこないと言ったじゃない」

人口政策が変わった結果

中国では、一人っ子政策がついに撤廃された。4年後、幼稚園の玄関前は子供を迎える保護者でごった返していた。一人の男性が3人の男の子を連れて、玄関から出てきた。あまりにそっくり顔の3人なので、周りの人がついこんな質問をした。「3人のお孫さんは三つ子でしょう? 本当におめでたい話」。男性は頭を横に振りながら、「一人っ子政策の撤廃の醜い話ですよ。三人のうち、一人は息子の子で俺の孫にあたり、一人は俺の息子だ」。「もう一人は?」と聞きただすと、「もう一人は親父の子だから、俺の弟だよ」と、男性は泣きっ面で答えた。

中国でも、まさに人生は恐ろしい冗談の連続なのだ。以前、中国で発禁され日本で翻訳された『上海ベイビー』(文春文庫)を読んで、中国共産党も若者たちのエネルギーは抑えることができないのかと思ったが、中国産のジョークも健在ではないか。シニカルな笑いは不条理な世の中で大衆が生き抜くための活力であり、知恵なのだろう。それにしても、この著者はよくもこんなに集めたものだ。

◎自分が気にしているほど他人は自分を気にしていない

この格言はシマジが考えたものではなく、シマジの古巣の「週刊プレイボーイ」編集部が編集して、集英社から２０２２年1月に発売された、ビッグボスこと北海道日本ハムファイターズ・新庄剛志監督の『まいにち、楽しんじょう！』という日めくりカレンダーの開運31語録のなかの一つだ。この語録はまさに言い得て妙である。シマジも大学生のとき、一時バーの看板を持つサンドイッチマンのアルバイトをしたことがあった。最初は恥ずかしかったが、慣れてきて、観察すると、通りを行く他人がまったくシマジに関心がないことに気がついた。恥ずかしさは自意識過剰だったのである。

「英語を覚える気がなかった。俺が日本語を教えたほうが早いから」

大リーガーにいたころ、ビッグボスは「ノープロブレム」の日本語は「マンデーナイトだ」と教えて、チーム内で日本語がはやりはじめたそうだ。「マンデーナイ」は「モンデーナイ」になり、「モンダイナイ」になったのである。

「落ち込むのは30分だけ」

今東光大僧正は生前週プレの人生相談で、人生はどんなことが起こっても「失望するなかれ」と、当時の若者を励ました。ビッグボスも切り替えが早いらしい。

「自分に勝てれば誰に負けてもいいんだよ」

人生のなかで自分に勝つことがいちばん難しいのである。やる気を維持するのは至難の業でもある。

なかなか意味深な語録だ。

「怒らない。悩まない。愚痴らない。人の悪口を言わない」

いつも笑顔を絶やさなかったら、きっと、こんな心境になるのだろう。人生はとにかく楽天的に生きるのが要諦である。新庄監督は怒りそうになったら「ちょっとトイレ行ってくるわ」と言うらしい。

「4打数5安打打ちたい」

そんなこと不可能と思うのは当然だが、ビッグボスは平然と説明している。若手時代、地上波の巨人戦でヒーローになりたくて、これくらいの気持ちで打席に立っていたという。そんなの不可能？ そんなのありえない？ いやいや僕は始球式でもよく打ってるから。やろうと思えばできるのよ（笑）。

「美意識の高さは精神的な強さにつながる」

太っている人は人間的にだらしない印象がある。ダイエットは自分に勝たないといけないし、痩せるまでの過程はものすごくつらい。逆にスタイルを保っている人は自分に負けず、精神的に強い気がすると、ビッグボスは体験的に宣う。シバレンこと柴田錬三郎先生は「ダンディズムとは自惚屋のやせ我慢である」と断言していた。なにか通じるものを感じるのだが。

「一番大事なのは心の整形」

現役復帰を目指しはじめた直後、整形していないのに「顔が変わった！」とみんなに言われた。「でっかい夢に向かうんだ！」という前向きな気持ちが目つきや表情をどんどん若返らさせたんだとビッグボスは自信を持って言い切っている。元気は気の元と書き、病気は気の病と書く。人生は気の持ちようでどうにでもなる。日本ハムが優勝でもしたら、この日めくりカレンダーが再脚光を浴びるかも。

◎誕生日は嬉しくもあり、悲しくもあり

4月7日はシマジの誕生日である。また「サロンドシマジ」の開店記念日でもある。と同時に57歳で他界した母親の命日でもある。母親は命日を忘れないようにと、病の床でシマジの誕生日である4月7日まで頑張ってくれたのだろう。

もう一つ、4月7日は、世界最大最強大砲を備えていた戦艦大和が3332名の海軍兵士を乗せ、海の藻屑《もくず》と消えた日である。沖縄へ行く途中、米軍機の集中攻撃を受け、午後2時23分、鹿児島県の坊ノ岬沖で撃沈させられた。生存者はたったの275名。そのなかには15、16歳の少年兵が含まれていた。後年、彼らが長生きして、大和沈没の真実を証言している。『太平洋戦争秘史――戦士たちの遺言』(神立尚紀著/講談社)に詳しい。本書によれば、昭和20年4月6日午後3時20分、戦艦大和は9隻の護衛艦に守られながら徳山沖を出撃した。当時海軍少佐だった清水芳人さんは、「海辺近くに載在する桜がまさに満開、松の緑に映えて美しく、これが祖国の見納めと、双眼鏡を覗きながら自分に言い聞かせた」と語っている。清水少佐は当時32歳、昭和19年10月の比島沖の海戦で、副長兼砲術長として乗っていた軽巡「阿武隈」が撃沈され、2時間あまりの漂流の末、救助された体験を持つ強運な軍人だ。戦艦大和での2度目の撃沈体験後もさらに生き残り、96歳まで長生きした。「よく戦艦大和は海上特攻に出撃したので、片道燃料で出発したとまことしやかに伝えられているが、沖縄往復に十分な燃料を各艦ともに積んでいた」と書いている。

聯合艦隊司令官・豊田副武大将の訓示が伝達された。

「われわれの行く手にはいかなる運命が待ち構えているかもしれない。しかし、日頃鍛錬した腕を十二分に発揮して、この『大和』を神風大和たらしめたい」

「君が代」奉唱、万歳。清水さんは「われ特攻出撃す」と記している。

戦艦大和の護衛した駆逐艦雪風に乗っていて生き残った元少年兵、西崎信夫さん（95歳）がYouTubeの「日テレNEWS」で語っている体験談も凄まじい。すでに90万回以上も視聴されている。西崎さんが出撃したのは18歳のときだった。海上特攻出撃命令が下ったとき、西崎さんは「ついに日本軍も来るところまで来たな」と思ったという。戦友たちが遺書を書くなか、西崎さんは「信夫、死んでしまったら何にもならない。必ず生きて帰ってきなさい」という母親の言葉を思い出して、遺書を書かなかった。4月7日午後1時30分過ぎ、空が真っ黒になるほどの飛行編隊が空を覆った。それは360機以上の米国空母機動部隊だった。大和も雪風も必死の防戦をしたが、まさに蟷螂《とうろう》の斧《おの》であった。まもなく大和は大爆発を起こして沈没。雪風は辛うじて沈没を免れた4艦のうちの1艦だった。次々と上官たちが戦死するなか、西崎少年兵も太ももに弾の破片を受けたが、機銃を担当しろと命じられ、脚を引きずりながら機銃台に向かった。敵機から艦砲射撃を受けながら、死に物狂いで機銃掃射した。「戦争でいちばん怖いのは、人間が恐怖から開き直り、殺意が快感に変わる瞬間です」という西崎さんの言葉が重い。

現在、ウクライナはロシア軍から理不尽な侵攻をされて、戦っている。狂気の支配を失くさなければならないと誕生日に改めて思う。

◎瀬戸内寂聴さんの隠された真実は哀しくも美しい

瀬戸内寂聴さんの一周忌に合わせて発売された『「出家」──寂聴になった日』（長尾玲子著／百年舎）は、感動のノンフィクションノベルズであった。同書の筆者は寂聴さんの血縁関係にあり、しかも長年秘書として仕えた。寂聴さんを「はあちゃん」と親しみを込めて呼べるほどの仲であった。

今東光大僧正の法名は春聴といった。その聴の字を入れて瀬戸内晴美の法名を寂聴と命名したことを、筆者が巻末に書いている。

〈流行作家として全盛期、熱い恋愛も真っ最中、健康、何不自由ない毎日の生活を送っていた五十一歳の時の出家、なぜだったのか。何度聞いても答えは、『わからない』だった〉

得度する瞬間まで瀬戸内晴美は、妻も子供もいる作家の井上光晴とわりない仲であった。俗人から僧侶になる得度式で、戒師の唱える懺悔文を繰り返す。そのなかに「不淫欲戒。汝今身従り仏身に至るその中間において、能く持つや否や」と聞かれるが寂聴は「よくたもつ」と堂々と答えている。井上光晴とは愛欲の恋情から愛情崩れの友情になったのである。

岩手県二戸市浄法寺町にある古刹八葉山天台寺の住職となった寂聴は青空法話で聴衆を集めただけではなく、新しい墓地に洒落た墓群をつくり売り出した。そのなかに井上光晴の墓がある。そして、瀬戸内寂聴もすでに分骨されてこの墓地にいま眠っている。2人は同じ墓地に眠っているのだ。得度を許可して法名まで与えた中尊寺貫主今春聴大僧正、つまり今東光は、結腸がんが悪化して入院中だったので、瀬戸内晴美の得度の日の戒師は大親友の寛永寺貫主杉谷義周大僧正が代わりにやった。これが今東光の計らいだったと筆者は力説している。

〈今氏は大僧正であり、中尊寺貫主の位にあったが、天台宗の中では主流派ではなかった。上野寛永寺の貫主である杉谷義周大僧正は天台宗の中の重鎮であり、その方を戒師に得度することは天台宗の主流に連なることになる。瀬戸内本人には告げず、親しかった杉谷大僧正に頼み引き受けてくれた〉

〈天台宗を深く学び、高位の僧侶になっても世間では『エロ坊主』と呼ばれる自分が、ベストセラー作家になっても、文壇デビューの最初に貼られた『子宮作家』のレッテルを剥がしきれていない瀬戸内晴美の仏道の師匠では、まともに扱われないだろうという配慮だった〉

こんな秘話があったのである。寂聴の子供のことも出てくる。

〈はあちゃんは四歳で置いてきた幸子ちゃんが、結婚すると聞いて贈った何枚もの着物や帯は、畳紙を開けられることもなくそのまま送り返されてきた〉

気前のいい寂聴さんのことである。多分桐のタンスから総額1000万円ぐらいなものを贈ったのだろう。それがこもかぶりでそのまま戻ってきたのである。さすがの瀬戸内晴美といえども衝撃を受けたのであろうとシマジは察する。

シマジは、『痛快！寂聴仏教塾』（集英社インターナショナル）という大ベストセラーを作ったことがある。どうしても「仏教学」としたかったのだが、寂聴さんが「シマジさん、わたしは天台宗ではまだペイペイなのよ。『学』なんて付けたらますますつまはじきにされちゃうわよ」と拒絶された。その寂聴さんの戒名は「燁文心院大僧正寂聴大法尼」とあった。これはまさに大出世である。

◎老いては部下に従え

２０２１年秋、新型コロナウイルス感染症の流行のため、サロンドシマジは約３カ月の休業の後、平日は16時から21時までという規制のなか、ようやく再開した。当初、アルコールの提供は20時まで。普段ならバーは20時ころから盛り上がるのに、と悔しかった。

そんな折、「週刊プレイボーイ」の元部下テリー、マツアミ、専属デザイナーだったナカジョウ、そしてフリーライターのイタバシたちが来店してくれた。シマジは彼らと37、38年前の熱狂時代を語り合った。テリーはシマジといると、吃音がひどくなる癖があった。数年振りの再会だったが、その愛しい癖は治っていなかった。緊張がじつに可愛い後輩である。

あるとき開高健文豪宅で「テテテテ」とシマジが慌てると、テリーが「わわわわわ」と応答した。すると文豪は「君たちの日本語は省略形で美しい。ところで何て言ったんや」「文豪、わたしが『テリー、テープレコーダーは大丈夫か』と言うと、テリーが『わかっております。お任せください』と言ったのです」。

またある日、集英社インターナショナルのサトウ・マコトがやってきた。マコトは当時塩野七生さんや瀬戸内寂聴さんの書籍を一緒に作った仲である。「シマジさん、Ｎｅｔｆｌｉｘは観てますか」「ああ、ときどき観てるよ」「だったら、いま絶対に『イカゲーム』を観ないと時代遅れになりますよ。韓国製の連続ドラマで、人生の一発勝負を狙って、文字通り、自分の命を賭けてゲームをやる話です。

負けた人はその場で殺される。その代わりに最後まで生き延びたら何十億円もの賞金が手に入る」「面白そうだね」「これと似たような話は日本のコミックもずっと前にやっているけど、このドラマを観て『ああ、これじゃ日本は永遠に韓国に勝てないな』と思いました」「そんなに衝撃的に面白いのか」「ぼくも当初は半信半疑で観たんですが、第1話を鑑賞し終わった時点で『これは日本は絶対にかなわないな』と絶望的になるくらいに感動しました」。

韓国の人口は日本の半分である。「だから日本みたいに国内マーケットで勝利しても儲けが出ない。最初からグローバル市場を狙うしかない。国は映画やドラマのアーティストにも奨学金を出してハリウッドに国費留学させています。そうした蓄積が実を結んだ感じですね」。

そういえば、「パラサイト 半地下の家族」もアカデミー賞を取った。それが「イカゲーム」に繋がり、音楽ユニットのBTSを誕生させたのだろう。「『イカゲーム』はNetflixを愉しめる国のほとんどでトップの人気を得ています。出ている俳優たちは米国のテレビの人気トークショーで引っ張りだこ。BTSも世界中のティーンの人気を得て、ビルボードで記録を塗り替え続けています」。わが日本はどうなのか。「一部には世界に通じるクリエーターもいますけど、日本のテレビは正直、世界に勝てるコンテンツなんか最近まったく作れない。その危機感もない。視聴者もそれで満足してる。まさにガラパゴスですよ」。

かくして、再開したバーは毎晩のように熱気をはらんで更けていく。老兵もまた、それに刺激され、生きる気力がみなぎってくる。後輩が集うバーは愉しい。

◎無智と退屈は大罪である。しかし――

シマジはＮｅｔｆｌｉｘの刺激的な愉しさを２０２１年10月まで知らなかった。まったく無智と言うしかない。

きっかけは、島地勝彦公認パソコンドクターのサトウ・マコトに脅迫されたことである。

「いまＮｅｔｆｌｉｘの『イカゲーム』を観なかったら、時代に乗り遅れますよ」

当時、ちょうど傘寿だったシマジは奮い立ち、韓国の「イカゲーム」に挑戦したのがスタートだ。

確かに息もつかせぬハラハラドキドキ、スリリングな展開に圧倒された。俳優たちの演技がまた上手い。互いに殺し合いながらの生き残りゲームに、いつの間にかどっぷりハマった。

全編観るには10時間はかかったが、あっという間に興奮しながら観終えてしまった。

次にシマジがハマったのは、うちのマッツモト・バーマン推薦のスペイン連続長編映画「ペーパー・ハウス」だ。〝教授〟と言われる天才的な頭脳を持った強盗団のリーダーが、遠隔操作でスペイン国家の造幣局を襲った強盗団たちを見事に動かす。造幣局の局長はじめ職員らを人質にして、新しく新札を刷らせて盗むという大それた犯罪だ。

強盗団たちの武器はマシンガンやピストルで、互いにトーキョーとかベルリンとか、都市の名前で呼び合う。犯行後、世界に散り散りになったかと思っていたら、再び強盗団は戻ってくる。今度はスペイン銀行本店を襲う大計画だ。

息もつかせないが、こちらも全部観るには数十時間くらいは取られるだろう。シマジはドッボにハマって自宅とバーではパソコンで、寝る前にはスマホで観続けた。終わりまで観ないと落ち着かないのだ。その間、何もできないのだ。大好きな読書も当分お預けだった。

もう当分Ｎｅｔｆｌｉｘは観るのを止めようと思っていたら、「『プリズン・ブレイク』は最高ですよ」とマッモト・バーマンがシマジの耳元で囁いた。「ペーパー・ハウス」を観た直後だったので、古さにあまり気乗りがしなかったが、この作品にものめり込んだ。これも全編を観るには１００時間くらいはかかった。去年の暮れの30日でやっとこの大作を観終わったのである。そうしたら何と「この作品は12月31日をもって配信を終了します」とテロップが流れているではないか。間に合ってよかった、と胸を撫で下ろした。さすがにもうくたびれ果てて、シマジは廃人同様になってしまった。

それにしても人類は凄い愉しいものを発明したものだ。Ｎｅｔｆｌｉｘは、いま映画館で上映している映画も観ることができる。これは2時間前後で終わるので、〝デザート〟として最適だ。近年アカデミー賞を受賞した「グレート・ビューティー」のパオロ・ソレンティーノ監督の自伝的映画「Ｔｈｅ Ｈａｎｄ ｏｆ Ｇｏｄ」がよかった。高校生のころ、70代の老婆に童貞を奪われるところが圧巻なのだが、さすが天才監督、童貞喪失も凡庸なシマジとは違う。

各作品にいろいろと感心しているうちにも容赦なく時間は過ぎていく。退屈な人生は罪である。しかし、退屈が許されないのも傘寿《さんじゅ》超えの身にはまたツラい。

◎正月の新しい過ごし方――再びの「Ｎｅｔｆｌｉｘ」話

Ｎｅｔｆｌｉｘの番組は大概50時間は続く大長編ドラマが多い。ワン・シーズンは10本乃至12本で構成されていて、１本が約1時間というものが多い。それが5シーズンくらいある。そんななか、２０２２年の年末にリリースされた探偵ものを、２０２３年の新年早々に鑑賞した。あの００７のダニエル・クレイグが主人公で探偵を演じる「ナイブズ・アウト：グラス・オニオン」である。

惜しみなく金をかけたミステリーもので、よくできていた。地中海に浮かぶ小さな島に建てられた大豪邸など息をのむ。Ａｍａｚｏｎが多くの書店を潰したように、Ｎｅｔｆｌｉｘに映画館が潰されるかもしれない。なにしろ、日本語の吹き替えも素晴らしいのだ。だからスマホでも愉しめる。

この年の年末年始の三が日、シマジはＮｅｔｆｌｉｘの世界に四六時中嵌《は》まっていた。そして新しい発見を沢山した。前回触れたスペインの「ペーパー・ハウス」は造幣局を襲う強盗団の話なのだが、そのコリア編を見つけた。韓国の作品はスペイン編に磨きをかけてさらに面白くなっていた。以前観たハリウッドの「サバイバー　宿命の大統領」でも似たような経験をした。ホワイトハウスの大統領以下30名以上のお歴々が議事堂もろとも爆破され殺されてしまう。仕方なく位の低い大臣が大統領になって健闘するドラマだが、こちらにも韓国版がある。そして、韓国版のほうが、さらに磨きがかかっていたのである。

どうして韓国のコンテンツはそんなに面白いのか。日本の人口は１億２０００万人だが、韓国は5

000万人しかいない。日本では国内でヒットすれば、そこそこの利益がでるが、韓国では国内でヒットしても儲からない。そのため彼らは最初から世界の市場を狙っていく。そうしないと、採算が合わないからだ。

韓国政府も支援している。監督、俳優、撮影者、ミュージシャンたちを数年間、国費でハリウッドに送り込むのだ。もちろん英語もマスターさせて、ハリウッドの技術や知恵、センスを徹底的に吸収させる。まさに映画を国策産業と考えているのである。

悲しいことだが、すでに日本の映画界は置いてきぼりをくらっているのが現状であろう。

「ペーパー・ハウス・コリア」に話を戻そう。大筋はスペイン編と変わりがないのだが、韓国と北朝鮮のリアルな脱北者の問題を絡めている。その分、物語はリアル、また演技力はスペインの役者より韓国の役者のほうが優れているとシマジは感じた。まあ国の威信をかけた演技力といえようか。

英国王室を描いたドラマ、「ザ・クラウン」も面白かった。エリザベス女王はともかく、ダイアナ妃なんて、そっくりだ。本物のバッキンガム宮殿で撮影されていることにも驚愕した。

「ルシファー」はロサンゼルスを舞台にした刑事ものだが、奇想天外なストーリーに感動した。短編の最高傑作は「ロストブレット　窮地のカーチェイス」だ。これはフランス製作の刑事もので、命がけのカーチェイスに度肝を抜かれた。

結局、このときの正月休み、シマジは本を一ページも読まなかった。

◎ベートーヴェンの第九は指揮者によって感じ方が違う

日本人はベートーヴェンの交響曲第九が大好きで、毎年12月はあちこちで演奏されている。2022年12月31日、三枝成彰プロデュースの「ベートーヴェンは凄い！全交響曲連続演奏会2022」が上野の文化会館で催された。合計11時間強のマラソン演奏会である。途中、三枝成彰さんのお話があり、休憩時間も挟んでいるが、それにしてもすごい演奏会である。この催しは20回目で初回の2003年は岩城宏之、大友直人、金聖響の3人の指揮者が交代で交響曲1番から9番までを演奏した。

2004年、2005年は岩城宏之が単独で指揮した。しかし、無念にも岩城宏之は73歳の若さで心不全で急逝した。2006年は9人の別々の指揮者を立ててやった。そして2007年からコバケンこと小林研一郎が一人でタクトを振った。2008年、2009年もコバケンが指揮し、2010年はあの世界的な指揮者、ロリン・マゼールが招聘《しょうへい》された。マゼールはベートーヴェンの交響楽の順番を大胆にも変えて指揮をした。そして第9回の2011年からまたコバケンの単独指揮が復活し、2021年まで続いたのである。情熱家のコバケンもすでに81歳になっていたので、三枝成彰に引退を告げたのであろう。ご苦労様、コバケン！　有り難う！

そして2022年の新しい指揮者は広上淳一になった。単独指揮者を14回もやったコバケンの後を引き継いだ広上指揮者は、当時まだ64歳である。コバケンのベートーヴェンに馴染んでいる聴衆を相手に、指揮をやるのはさぞやりづらかったことだろう。

隣の席で一緒に拝聴していた43歳（当時）の白川義一が意味深いことを言った。「十数年、コバケンのベートーヴェンが僕たちの心に刷り込まれていて、なかなか新しい指揮者のベートーヴェンを受け入れ難いですね。こうなったら広上指揮者のいいところを見つけて、早く広上ベートーヴェンに慣れることですよ。広上さんはまだ64歳。80歳までやるとして16年は付き合うことになるんですからね」。「なるほどね」と頷《うなず》いていたのは、シマジの愚妻だ。シマジがはじめて生のベートーヴェンの交響曲第九を聴いたのは、いまから62年前、同じ文化会館だった。じつは愚妻が女性合唱団の一人として、参加していた。当時まだお互い大学生だった。彼女にチケットを渡されて席に着くと、その席は舞台に向かって一番右のしかも一番高い5階だった。肉眼で彼女を探すのは至難の業。そのときの指揮者は小澤征爾である。いまでは三枝さんの依怙贔屓で2階の最前列の特等席に座っている。

白川という男の紹介を忘れていた。本書Ｐａｒｔ３でも触れているが、いまから10年前、白川は深刻な顔をして新宿伊勢丹のサロンドシマジのバーに現れ、シマジのことを「お父さま」と呼んだ。白川の母は銀座で働いていたのだが、白川が小学4年生のとき、がんで夭折《ようせつ》したという。死の枕元で「じつはお前の父親はシマジカツヒコという編集長です。いつか会いに行って親子対面してね」と告白されたというのだ。「ぼく、お父さまの本は全部読みました。ますます会いたくなり、勇気を持って今日やってきたのです」「白川、どんな女にもおれは子宮に直接射精したことは一度もないんだよ」「じゃあ、何処へ出してるんですか」「おれはバキュームフェラの愛好者なんだ」「お父さん、それは卑怯だよ。エッセイのどこにもそんなことは書いていないよ」。そんな2人が暮れにベートーヴェンを聞く。これだから、人生は堪まらない。そして、嬉しいことに、今年からまたコバケンが戻ってくる。

◎俺は過ちを犯し、その代償を払った。でもボールは汚れない

『ディエゴを探して』（藤坂ガルシア千鶴著／イースト・プレス）は、久しぶりにシマジに読書の愉しさを思い出させてくれた名著である。アルゼンチンではマラドーナ信奉者をマラドニアーノという。そして、この筆者が熱狂的なマラドニアーノなのだ。筆者は大学を卒業すると同時に、マラドーナに憧れてアルゼンチンに住みついた。さまざまなマラドーナの記事や自伝を翻訳し、専門誌に寄稿して現在もアルゼンチン在住。そんなマラドーナ信奉者の筆者がさらに我こそはマラドニアーノだと自負しているマラドーナ教の信者たちに直当たりして取材した、貴重なエピソード満載の一冊である。

ディエゴ・マラドーナは１９６０年10月30日誕生した。両親と姉弟８人が住んでいたのは、昼間でも物騒なスラム街だった。筆者も何度かそのスラム街に取材に行くのだが、そのときはボディーガードを付けることを義務づけられたという。まさに栴檀《せんだん》は双葉《ふたば》より芳しい。本にはマラドーナの才能を見いだしたフランシス監督のこんな言葉が出てくる。「左利きである少年マラドーナは、はじめて出会う監督の前でいとも簡単にいくつかの股抜きの技を見せた後、浮き球のパスを左足で受け止め、ボールを地面に落とさないままディフェンダーの頭越しにシャペウ〈ボールを足で掬い上げて相手の頭上を抜く難度の高いテクニック〉をやってのけたのだ」。

筆者はフランシス監督からこのエピソードを直接聞いている。「君は本当に１９６０年生まれなの

か？　身分証明書を見せてくれ」。フランシス監督はマラドーナ少年に訊いた。「身分証明書は家に置いてきました」と少年は答えた。監督はその日のうちに身分証明書を確認したくなり、マラドーナが住む悪名高いスラム街に行く。両親に会って自分のサッカークラブに入団の許可をもらうために。

確かに身分証明書には１９６０年10月30日にエビータ病院にて誕生とあった。めでたくマラドーナは８歳でアルヘンティノスのカテゴリア60の少年メンバーになれたのだ。その後の活躍は目覚ましい。15歳でアルヘンティノスのトップチームでプロデビュー。スペイン語で神を「ＤＩＯＳ」というが、天才的なプレーヤーになったマラドーナの背番号が10であることから、「Ｄ10Ｓ」という造語まで作られた。また、あるマラドーナ信奉者は双子の女の子が生まれると、迷わずマラとドーナと名付けた。マラドーナは１９８６年ワールドカップでイングランド相手に５人抜き２ゴールを決めて勝利。フォークランド紛争の仇討ちをやってのけた。決勝では西ドイツを破って世界一に導いた。そしてマラドーナはまさしく、もっとも人間に近い神となった。マラドーナはその神格化が重荷となり、コカインに手を出した。と同時にアルコール中毒にもなった。結果60歳の若さでこの世を去ったが、引退試合の会見で見出しの名言を残している。マラドーナは多くのプロサッカーの仲間を金銭的にも助けた。交通事故でプロサッカー選手だったフォンセカが生涯車椅子生活を強いられたときも、ただ同情するだけではなく心から励ました。フォンセカはその後、車椅子バスケット選手として活躍した。

筆者は跋文《ばつぶん》で「取材を通じて、『マラドーナはサッカー選手としても素晴らしかったが、それよりも人として最高だった』と立証できる人たちがいる国に住んでいる意義を再認識したと同時に、私の人生を変えたひとりのサッカー選手が一層愛しく、尊い存在となった」と綴っている。

◎いまさらですが、映画「アバター」を観ずに死ねるか

告白すると、シマジは最初、あの不気味なブルーの肌をした、妖怪のような耳を持つ生き物が登場する映画アバターは気色悪く、14年前のアバターⅠを観る気になれなかった。ところがバトラー水間が顔を合わせるたびに「シマジさん、アバターⅡは観ましたか」と執拗に聞いてくる。審美眼の鋭いバトラー水間がそこまで言うならと、3時間半のSF超大作に遅ればせながら挑戦することにした。

もちろんバトラー水間のアドバイスに従い、Disney+で第一作を前もって鑑賞、ストーリーの流れをしっかり学んでから、TOHOシネマズ新宿へ。特殊なメガネをかけてデジタル3DのアバターⅡを観たのである。改めてジェームズ・キャメロン監督は21世紀の天才であると確信した。圧倒的な映像の迫力、いままで体験したことがない革新的な臨場感、迫力満点サウンド、どれも度肝を抜かれ、凄いと感嘆するしかなかった。

観ていると不思議なことに、ブルー色の妖怪たちもだんだん愛しくなってきた。

喰わず嫌いで後悔することがあるが、まさにアバターがそうだった。最近はネットで配信される動画ばかり観て、映画館に足を運ばなくなったシマジは大いに反省した。ジェームズ・キャメロン監督はまるでNetflixに挑戦するかのようだ。映画館で観ない限り、このように度肝を抜かれる体験はできないぞ。圧倒的なデジタル3Dの映像美を味わえないぞ、それでもいいのか、と警告してい

るみたいである。

第一作は地球から遠く離れた神秘の惑星パンドラの森が舞台だったが、二作目の舞台は海である。アバターとはヒンズー教の化身という意味で、人類が先住民ナヴィ族と人間のＤＮＡを組み合わせてマシンのなかで作ったものだ。アバターの主人公の元海兵隊のジェイクは人間界では車椅子の生活だが、アバターになった瞬間、自由に歩けるし走ることができる。

地球に住むアメリカ人が地球上の資源の枯渇から、はるか遠く離れた惑星パンドラに眠る特別な資源を略奪するために、編隊を組んでパンドラに侵入したのが第一作のアバターだったが、二作目のアバターはそれから10年が経ったパンドラの状況から描いている。スパイとして送り込まれた元海兵隊のアバターになったジェイクは、地球人を裏切ってパンドラに住む先住民の部族の女と恋をして結婚し子供まで作っているところからはじまる。

アバターⅠでは大きな怪鳥に跨がって森のなかを縦横無尽に飛ぶ姿に驚愕したが、海が舞台のアバターⅡは、パンドラの先住民たちが海のなかを魚のように潜り泳ぐ。その美しさにまず感動する。

再びアメリカ人は編隊を組んでパンドラの先住民ナヴィ族に襲いかかる。その迫真に迫る戦闘シーンも圧巻だ。また哲学的にいろんなことを考えさせる意味深い大作であった。

ジェームズ・キャメロン監督はこれから続編を２０２４年12月20日、２０２６年12月18日、２０２8年12月22日に公開することを決めている。アバターの最終作品は5年後の年末だ。それまでシマジは元気溌剌でいなくちゃ大損する。シマジは前立腺がんの放射線治療後の後遺症で頻尿気味なのだが、一度もトイレに立たなかったくらいの大傑作だ。

◎君は『黒い海』を読んだか

関係者100人以上に執拗に直当たり取材し、尚且つ膨大な資料をすべて読み込んで書いたノンフィクション『黒い海』（講談社）に、シマジは久しぶりに圧倒された。

2008年6月23日午後1時20分ごろ、中型漁船第58寿和丸《すわまる》は、カツオ漁のため20人の漁師を乗せて、犬吠埼から東へ約350キロに停泊していた。海はシケてはいたが、上甲板にいた漁師たちに波がかかるほどではなかった。うねりも落ち着いてきて、いつ操業に出てもおかしくなかった。休めるうちに休んでおこうと、漁師たちは銘々がカーテンを閉めて仮眠していた。30年以上の経験を持つベテランの漁師、豊田吉昭は寝つけずベッドに横になっていた。そのとき突然、ドスッ、バキッという異様な連続音を聞いた。船体は右へ傾いた感じがした。豊田は先ほどまで雑談をしていた若い同僚に「起きろ！」と大声で叫んだ。彼はズボンをはかずTシャツとパンツで通路をかけ抜け、甲板に通じる階段を駆け上がった。2度目の衝撃の直前、大道孝行は相部屋の船員室でうとうとしていた。そのとき、突然これまで経験したことのない音と衝撃に襲われた。

「絶対やばい。ただごとではない、ひっくり返る」と直感した。大道の長い漁師人生のなかで、はじめての経験だった。逃げる途中、大道は寝っ転がってのんびりテレビで洋画を観ていた新人の新田進と出くわした。「ひっくり返っから早く上がれ！」と叫んだ。

第58寿和丸は周りに油をまき散らしながら、まもなく転覆し沈没した。乗組員20人のうち、全身黒く油だらけになりながらも助かったのは、たったの3名だけだった。そして4名の遺体が収容され、残りの13名は第58寿和丸とともにいまも5600メートルの海底に眠っている。

いわき市小名浜の船主、酢屋商店の野崎哲社長は、そんな短時間に船体が沈むはずがない、と確信しているひとりだ。筆者も疑念を持つのだが、驚くのは筆者が取材をはじめたのが事故から11年後の2019年の秋だったということだ。「ちょっとした偶然で第58寿和丸のことを耳にするまで、私はこの事故を全く知らなかった」と告白している。

野崎社長は17人の犠牲者のためにおこした署名運動の結果を持って、東京の運輸安全委員会に乗り込んだ。「潜水調査をやってください」と切実に訴えたが、調査官から返って来た言葉は「1番は客船、2番は商船、3番は漁船事故です」だった。「野崎の説明を聞いて、私も耳を疑った。17名もの命が犠牲になっている重大事故だというのに(略)」と筆者も驚愕。執念の取材がはじまるのだ。

2011年4月22日運輸安全委員会が第58寿和丸の事故報告書を公表した。それによれば、大きな波が第58寿和丸を襲い船が転覆・沈没させられた、と結論付けていた。

野崎社長をはじめ3名の生存者たちを納得させる内容からほど遠かった。筆者の伊澤理江も同様だ。伊澤は1970年以降の主な世界中の潜水艦事故を1ページの表にして載せて、こう書いている。〈この先も続く私の取材は、結果として潜水艦の特定には至らないかもしれない〉〈世界のどこかに真実を知っている人間はいるはずだ(中略)原因究明の手がかりを残したままの第58寿和丸が深海に横たえている。取材の道のりは長いが、望みはすてていない〉

筆者の執念を蟷螂《とうろう》の斧《おの》に終わらせてはいけない。

◎オペラの最高傑作は「アイーダ」である

いまから約3000年前のファラオの時代、エジプトとエチオピアはしょっちゅう干戈《かんか》を交えていた。そんななか、エチオピアが敗北し、王女アイーダはエジプトの囚われの身となり、エジプトの王女アムネリスの侍女となった。アムネリスはエジプトの英雄的将軍ラダメスを熱烈に愛し、婚礼の儀を挙げようとしていた。ところがラダメス将軍はあろうことか、アムネリス王女の侍女となったアイーダと恋に落ちてしかも相思相愛の仲になってしまった。アムネリスはアイーダに激しく嫉妬する。

オペラ「アイーダ」は、まあこんなストーリーなのだが、このオペラを観たのは、シマジの82歳の誕生日プレゼントとして招待してくれた女性がいたからである。それも新国立劇場開場25周年の記念公演、特別席であった。彼女は福岡で48年間も営業しているピアノバー「セニオールリオ」のオーナーママ、鮫島聡子さんである。シマジの熱狂的なファンでこれまでもお店のお客さまたちに、シマジのサイン入りの著作を大量に贈ってくださる。鮫島さんは大のオペラ狂で、新国立劇場でかかるすべてのオペラを鑑賞。その後、必ずサロンドシマジのバーに立ち寄ってくれるのだ。

今回の主役たちはイタリア人の歌手で占められていたが、アイーダの父親役をはじめ日本人歌手もいた。その歌唱力も音量も演じ方もイタリア人と遜色なかった。日本でオペラを観る際、歌詞の字幕が舞台の脇に大きく表示されるので物語の流れを追いやすい。

シマジがはじめてアイーダを鑑賞したのは13年前だ。東京芸大でオペラの教鞭を執っておられた日本のオペラ界の泰斗、永竹由幸先生のガイド付きだった。案内されたのは、イタリアのヴェローナで毎年開催されている野外オペラ祭である。会場は古代ローマ時代の円形闘技場で午後8時から催され午前0時に幕が下りた。夜空には大きな満月が輝いていた。この日を選んでくれたのは永竹先生の依怙贔屓であった。永竹先生はご自身が監修された新潮オペラCDブックのアイーダを最低3回は事前に鑑賞するとよいと勧められた。

日本のオペラは字幕付きだが、本場のイタリアオペラは字幕がないので物語の流れがなかなか把握できない。前もって勉強したほうがより愉しめるとの気配りである。

新国立劇場の今回のアイーダはフランコ・ゼッフィレッリの演出だった。豪華絢爛の舞台で感動した。本物の白馬が舞台に出てきたのには驚いた。ヴェローナの舞台では白馬の代わりに本物の象が登場していた。

ファラオ時代のエジプトの輝ける英雄、ラダメスは恋するアイーダに軍事秘密を明かしてしまい、それがバレてしまう。神官たちの裁きを受け、死刑の宣告を受け地下牢に幽閉される。そこにアイーダが忍び込んでラダメスと2人で石の牢獄のなかで、死を迎える官能的な二重唱のアリアは悲しくて美しい。そういえば永竹先生が仰《おっしゃ》っていた。

「シマジさん、すべてのオペラのアリアは男と女の性の雄叫び、いわゆる嬌声だと思って聴いてください」

師と仰ぐ人は一流の方がいい。そんな永竹先生はシマジをヴェローナに連れてってくれた半年後、がんに倒れてこの世を旅立った。アイーダを見るたびに激しく心が揺さぶられるのは、そのせいもある。

◎人を面白くするのは、内在する怪物性だ

エッセイスト&オーナーバーマンのシマジにとって、幸福な光景が2つある。サロンドシマジのバーの7席のシートが満席になり、スタンディングエリアにも5、6人群がっている光景を眺めることと、自分の書籍が書店の平台に並ぶ光景を眺めることだ。どちらも幸福感に満ちて、「おれは生きている」と実感する。

シマジは2023年5月17日に、恵比寿駅アトレの有隣堂に駆けつけて、シマジの可愛い子供のような文庫本がどんな場所に置いてあるのかを見てきた。

タイトルは『時代を創った怪物たち』で、老舗の出版社、三笠書房から発売された。名著とは編集者と物書きの素敵な出逢いがないと誕生しない。熱狂的に気が合わないと素晴らしい本はできないものだ。今回この企画を持ち込んできた三笠書房のベテラン編集者、アンドウ・カオリと、この可愛い文庫のブックデザインを引き受けてくれたミツワ・カオリの名コンビが、素晴らしいカバーから本文のインクの色まで凝りに凝ってくれた。物書きとしてこんな嬉しいことはない。この文庫が早く重版が入ることを祈っている。そしてシマジの作品の文庫化は、すべてこのダブルカオリコンビに託したい気持ちである。

この文庫の親本はシマジ・ファンなら誰でも知っている『そして怪物たちは旅立った。』（CCCメディアハウス）だ。原稿はまず「PEN」誌に連載され、その最初の担当者というか、発案者はサト

ウ・トシキだったが、別の雑誌の副編集長に栄転したため、若いスイドウ・コノムが引きついでくれた。そしてその連載を見事な一冊の本にまとめ、上梓してくれたのは、書籍編集者、オオフナ・カオルコだった。それが今度はアンドウ・カオリとミツワ・カオリの手塩にかけられ、化粧直しをして生誕したのである。シマジは親本を購入して「サインをください」という読者には、こうサインしている。「あなたの内なる〝怪物〟はお元気ですか」。

人間には誰もが心のなかに怪物が潜んでいるのだ、とイマヌエル・カントが『純粋理性批判』で書いているように、その怪物性こそが人間を面白い生き物にしているのではないか。シマジが歴史的著名な方々100人を選び、独断と偏見で綴った追悼文が本書である。

誰がいちばんの怪物かと問われれば、迷わず後藤新平だと答えたい。後藤新平が東京市長を引き受けたのは、大正9年のことだ。東京市議が満場一致で後藤新平を推した。だが、側近たちは副総理格の内務大臣を務めた大物の後藤新平がはるか格下の東京市長に就任することに猛反対した。後藤は「人生、一度は貧乏くじを引いてみるか」と、悠然と引き受けたのである。後藤新平は味のある顔をしていた。迫力、品格、色気、愛嬌に満ちていた。この世を去る前に後藤新平が言い残した言葉が凄い。「よーく聞け、金を残して死ぬやつは下だ。仕事を残して死ぬやつは中だ。人を残して死ぬやつは上だ。いいか、このことはよーく覚えておけよ」

実際、後藤新平は読売新聞を蘇生させた正力松太郎のよき指導者となって大人物に育てあげた。その正力松太郎も怪物であった。この2人のページは是非、読んで欲しい。最近は魅力的な怪物が見当たらないことにも気づくはずだ。

◎101年続いた「週刊朝日」の最終刊は昭和の匂いがプンプンした

2023年6月15日午前11時、大腸の検査のために国立国際医療研究センターに一泊入院することになった。その前に恵比寿のアトレにある有隣堂に寄った。重くもなくそして軽くもない本か雑誌はないかと巡っていたら、いつになく「週刊朝日」が平台に積まれていた。表紙は週刊朝日の煩雑極まりない編集室で大勢の編集部員たちが勝手なポーズを取っている。デスクに一台のパソコンも見当たらないのがいい。まさに昭和時代の週刊誌の編集部の光景だ。そう、最後の週刊朝日の表紙である。

約10年前、NHKが、編集者シマジの熱狂時代を再現ドラマとして作ってくれた。そのドラマは、昭和57年に41歳で編集長になったシマジが率いた「週刊プレイボーイ」編集部の約5年間のハイライトを再現したものだ。ドラマのなかの編集室は部屋の向こうが見えないほど紫煙が立ち込めていた。部下たちはひっきりなしに紙巻き煙草を吹かし、シマジ編集長は毎日5、6本の葉巻を燻《くゆ》らしていた。

今回の週刊朝日の終刊号の表紙をルーペを使ってつぶさに点検すると、たった1人の編集者がシガレットを火も点《つ》けずに咥えているのを見つけた。他の誰も煙草を吸っていないのだが、これまたお利口さんの集団の週刊朝日編集部らしいではないか。演出写真の第一人者、浅田政志撮影の力作で、煙草の煙が漂っていたらもっと昭和らしくなっただろう。皮肉なことに表紙をめくるとJTの広告があるではないか。もう一つ苦言を呈すれば、裏表紙も観音開きにして、もう1ページ足して両観音開きにしてもらいたかった。

　シマジは個室の病室で午後4時からの肛門にカテーテル検査を待ちながら昭和テイストの週刊朝日を隅から隅まで興奮しながら読んだ。毎度お馴染み「女子大生表紙Ｐｌａｙ　Ｂａｃｋ」は圧巻だった。週刊朝日１９８０年1月25日号のカバーは、後に女優になった熊本大学の宮崎美子が再掲載されている。この表紙から多くの女優、タレント、美人アナウンサーを輩出した。日本中から女子大生の美女を発掘する取材は大変だったろう。また沢山の著名人をジャンプさせて、スピグラカメラで撮影したジャンポロジーが懐かしかった。〝飛躍した〟１０９人の記録の一部が掲載されている。撮影秘話を読むと、奈良女子大・岡潔教授が田舎道でジャンプするショットが圧巻だった。撮影隊がわざわざ奈良まで行くと、岡教授が「くだらない企画だ、そもそもジャンポロジーというのがつまらんことだ」とごねる。1時間以上口説いたが、これは脈がないと写真家の稲村不二雄さんがカメラを片付けようとしたとき、数学の天才教授がいった。「せっかく東京からきたんだから、1回だけ跳ぼう」。

　ジャンプするとその人の内なる特性が表出され、性格までがわかるという。いちばん元気に跳んでいるのは松下幸之助会長だ。岡本太郎、クレージーキャッツ、大宅壮一等が跳んだ。山藤章二のブラック・アングルは人気を博した。一般公募のなかにハッとする無名の天才の傑作があった。ノンフィクションライターの安田浩一の「週刊誌と週刊朝日の１００年」は含蓄があって面白かった。シマジも付き合いのあったノンフィクション作家の佐野眞一のデータマンをしたことのある安田浩一がある事件のことを活写しているが衝撃の中身である。

　翌日、国立国際医療研究センターを後にした。シマジの大腸は今回も無事だった。

◎特攻兵器「桜花」の発案者は二度死んだ

『カミカゼの幽霊』（神立尚紀著／小学館）は、8月15日の終戦記念日に読むべき書籍として最適な一冊である。人間爆弾といわれた特攻滑空機「桜花」の発案者、大田正一の世にも不可解な生涯を詳細に描いたものだ。戦争が悪化の一途をたどりだしたころ、大本営は苦肉の策の特攻兵器を考案した。大田が着想した「桜花」は航空距離36キロメートル、最大速度630キロメートル／h、全長6・06メートルで、航続距離が短かった。そのため敵艦に近づくまでは母機に搭載され、近づいた時点で切り離し、パイロットの操縦で体当たりするものだった。

大戦中のドイツでも「桜花」と同じような兵器が研究されたらしい。双発爆撃機に吊るされて空中発進するV1ロケットの改良型特攻戦法である。しかし、ヒトラーは「ドイツ兵士は常に生き残るチャンスを持っているべきだ」といって実用化を許さなかった。一方、日本の大本営は特攻戦法に拍車をかけた。結果、陸海軍合わせて約1万人以上の若者の命が海の藻屑《もくず》と消えたのである。

公式記録によれば、大田正一は終戦3日後に遺書を残し零戦に乗って、茨城県鹿嶋市にあった神之池基地を飛び立ち、東の空のかなたに消えた。そのまま行方不明になって殉職したとされている。だが、大田は名前も年齢も変え、横山道雄と名乗り82歳まで生きた。大田は戦前に結婚していて一家をなしていた。しかし、横山となった大田はちゃっかり重婚して一家を築き上げていた。この謎多き生涯を筆者は凄まじい筆力で徹底的に追求していく。

「横山道雄　大正11年12月11日生（59歳）　本籍　北海道　学歴　昭和13年3月名古屋市中京商業3年中退（海軍航空兵入隊のため）　得意な学科　珠算」

これは大田が書いたと思われる就職用の偽りの履歴書である。横山道雄は戸籍がなかった。そのため息子の隆司は高校に進学するとき、母親が父に戸籍を回復してくれるように頼んだ。そのときはじめて、横山道雄は自分の本名が大田正一であることを打ち明けた。横山は古い軍事雑誌「丸」を引っ張り出してきて「人間爆弾・桜花」の記事を母親に見せた。「そこに書かれている大田正一特務少尉がわしなんやと」明かした。青天の霹靂《へきれき》ともいえる告白に隆司は驚いた。隆司の手元にある大田正一の戸籍にはこう記されていた。

「本籍　山口県熊毛群津村668番地　氏名　大田正一　出生年月日　大正元年8月23日　戸主の氏名　戸主本人　官　海軍大尉　死亡の年月日　昭和20年8月18日　死亡の場所　茨城県鹿嶋市高松村神ノ池基地東方洋上」

大田正一はテスト飛行中の事故で殉職したとされ、9月5日付で海軍大尉に進級した。元の家族から死亡届が提出され、戸籍が抹消されたのは1948年8月19日のことである。ところが、大田は神之池基地をひとりで飛び立ったあと、海上に着水したところを運良くというべきか、運悪くというべきか、操業中の漁船に救助された。

大田は末期の前立腺がんで余命3カ月と宣告され、入院中にようやく自分の本当の年齢を家族に明かした。そして多くの秘密を抱えたまま1994年12月7日、82歳の生涯を閉じた。

◎東京都下の硫黄島はいまだ戦後処理は終わらず

シマジがこの2023年の夏に読んで感動した作品をもう一冊、紹介する。『硫黄島上陸』（講談社）である。この著者、酒井聡平は北海道新聞の記者である。この力作が処女作と知って驚いた。酒井の祖父は硫黄島の近隣の島、父島で小笠原諸島防衛を担う部隊に所属していた。終戦後、別人のように痩せて帰ってきた。祖父は沈みゆく軍艦から生還した。履歴書を肌身離さず持っていた。それを酒井聡平は祖母から預かった。そこに父島の文字があった。硫黄島の隣の島から衰弱して生還した祖父は、1965年病死した。その祖父の息子、つまり酒井の父は1987年47歳で急逝した。「僕」という一人称で綴るこのノンフィクションは、著者がなぜ硫黄島に取り憑かれたかを綴る。クリント・イーストウッドの映画「硫黄島からの手紙」にも触発されたが、それだけではない。硫黄島は本土の防波堤だったこと。玉砕した2万人超のうち1万人の遺骨が今なお島内に残されていること。定年後、硫黄島での遺骨収集に人生を捧げた戦没者遺児、三浦孝治さんに出会ったこと。酒井は三浦さんの遺骨収集体験を北海道新聞で連載した。「矢弾尽き果て　悲劇の島・硫黄島」というタイトルである。「ある壕に入ると、壁面に骨片がびっしり刺さっていた。砲爆撃を浴びたのか、手榴弾で自決したのか。その壕には一つや二つではなかった……」

硫黄島戦は多くの戦没者遺児の悲劇を生んだ。兵士は全国各地から集められた30代、40代の再応召兵で所帯持ちが多かったからだ。大黒柱を失った家族は戦後、辛酸を舐めた。そのひとり、政治家尾辻秀久の母は命がけで遺族会の活動に加わり、41歳のとき事務所で倒れて急逝した。尾辻は母も戦死したのだと思ったという。妹はまだ高校生。尾辻と妹を援助したのは遺族会だ。

「そのころの話をしますと、長くなります。同じ思いをされた皆さんの前で語る気はありません。一言、誰にも二度と同じ思いをさせてはならないと訴えて、挨拶といたします」

尾辻の参院議長としてのスピーチだ。その尾辻にも酒井は単独インタビューしている。

「もう早い話が、そこまで遺骨収集のことを語れる、議論できる我々の寿命が持たない。後の人たちは、もう戦争のことも本当に知らないし。遺骨収集って言っても、もうピンとこない世代の人たちだから。時代の流れには勝てないかもしれない」

硫黄島発の最後の電報は、全滅覚悟で最後の総攻撃に出る栗林忠道中将の「訣別電報」、「国ノ為重キ努ヲ果シ得デ　矢弾尽キ果テ散ルゾ悲シキ」が有名だが、酒井は硫黄島の無線士が打った「父島ノ皆サン　サヨウナラ」のほうがよっぽど悲しいと書いている。酒井はこう思うようになった。

「自分はこの電報が送られてきた父島にいた兵士の孫だ。今なお硫黄島側に残されたままの戦没者は、いわば祖父の仲間たちだ。硫黄島の戦禍の社会的記憶の風化に抗う記者になろう。そして僕自身も遺骨収集団にボランティアとして加わり硫黄島の土を掘ろう」

２０１９年、酒井たち遺骨収集団を乗せた自衛隊輸送機Ｃ１３０が硫黄島に着陸した。酒井は心のなかで〝返電〟を打った。「硫黄島ノ皆サン、コンニチワ　父島ノ兵士ノ孫ガ　迎エニ来マシタヨサア一緒ニ本土ニ帰リマショウ」——。

◎塩野七生ワールドには久しく日本人が忘れているものがある

ローマ在住の塩野七生さんは、40年近くにわたって古代ギリシア、古代ローマの歴史を日本人に啓蒙してきた。『ローマ人の物語』『ギリシア人の物語』（ともに新潮社）など、どれも名著で多くの人が影響を受けた。このたびその『ギリシア人の物語』が単行本発刊から8年たって文庫化され、久しぶりに再読し、改めて興奮した。とくに魅了された英雄は、表紙にもなっているテミストクレスである。

塩野さんによれば、テミストクレスは都市国家アテネの名門の出身ではなく、第3階級に属する人であった。また知名度や政治的経済的支援を受けるために、名門に属する女性と結婚する道も選ばなかった。テミストクレスは10人のストラテゴス〈指導者〉に選ばれるまでは、裁判所で弁護士をしていて、大衆から絶大の人気を博していた。ストラテゴスに選ばれると、ペルシア軍が再びアテネをはじめギリシア都市国家連合を襲ってくるだろうから、２００隻の新型軍用船の建造が急務だ、と力説した。新型軍船とは従来より頑丈な造りにした三段層ガレー船で、船底に多くの石塊を積み込み、重量を増やした。紀元前４８０年、44歳のテミストクレスはストラテゴス・アウトクラートール〈最高司令官兼首相〉に就いた。テミストクレス最高司令官は戦争に際し、アテネの陸上での迎撃は不可能とみて、アテネの住民を近隣の島に強制疎開させた。テミストクレスのアイデアで船底に石塊を積み込んで重量を重くした２００隻の三段層ガレー船は、ギリシア都市連合と合わせて４００隻の戦力で、ペルシアの船団とサラミス海峡で相まみえた。敵のクセルクセス王が率いる船団は９００隻、彼らを海峡に追い込んだのはテミストクレスの戦略だった。小回りの利かない大型船の腹部にギリシア都市連合軍は体当たりして、撃沈させたのである。沈没したペルシア側の船の総数は３００から４００隻、それに対し、ギリシア側は40隻であった。

しかし人生には何が起こるかわからないものだ。あろうことか、今度は53歳になったサラミス海峡の英雄、テミストクレスが〈10年間の国外追放〉されたのだ。英雄は悠然とアルコスに単身移住したが、スパルタからも反政府運動に関わった嫌疑で出頭命令が出された。テミストクレスは応じなかったので、国際指名手配となった。英雄が54歳のときである。そのうえ、ペルシア王のクセルクセスはサラミスの海戦後、テミストクレスの首に２００タレントもの懸賞金をかけた。英雄はあちこちから追われる身となったのだが、そんな中、ペルシア王クセルクセスが亡くなり、新しいアルタ・クセルクセスが即位したと聞かされたテミストクレスは奇想天外の行動に出る。31歳のペルシア王に堂々と会いに行き、世紀の対面をしたのである。２人はなぜか、お互いに気が合った。若きペルシア王はテミストクレスを狩りに誘ったほどだ。そして「紀元前４５９年、テミストクレスは、マグネシア〈ペルシア〉の自宅で、波瀾万丈と言うしかない、六十五歳に生涯を終えた」と塩野さんは書いている。歴史家ツギディデスは、ペルシア王からアテネを攻めよと命じられて自ら毒をあおって死んだとする説を排し、病死であったと明言している。塩野さんも「私も同感だ」と断じている。

男の運命は敵味方、世代を超える吸引力によって決まるのであろうか。塩野ワールドに描かれているそれは久しく、日本人が忘れているものなのではないか。

◎「私がここでお約束できるのは血と汗と涙と苦汁だけであります」

半年前、集英社時代の旧友、広谷直路からA4にプリントされた浩瀚《こうかん》な生原稿が送られてきた。題して〈「泣き虫」チャーチル〉とある。シマジも広谷の10分の1ぐらいのチャーチル狂なので、まずはシマジに読んでもらいたいと思ったのだろう。さっそく読ませてもらったが、巻《かん》を措《お》く能《あた》わずの面白さだった。これは立派な書籍になると思ったシマジは、古巣の集英社インターナショナルの佐藤眞の自宅に送った。結果、立派な傑作、『「泣き虫」チャーチル』が世に出たのである。

広谷直路は本名だ。そして81歳でこれを書き下ろした。佐藤眞から「サロンドシマジでポールロジェのウィンストン・チャーチル（シャンパン）を開けてください」という粋な電話があった。

「ごく内輪の出版記念パーティーをやりましょう。広谷さん、シマジさん、それに2人に仕えたトモジさん、野村、それにわたしの5人でお祝いしたいのです」「それは広谷が喜ぶぞ。有り難う、眞」。5人が集合した日、全員が『「泣き虫」チャーチル』を読破していたので、話が弾んだ。「シマジさんも大変なチャーチル狂だけど、広谷さんには完敗ですね」とトモジ。「清々しい完敗だね」。

サロンドシマジのバックバーにはピンストライプのスーツ姿で葉巻をくわえ、機関銃を構えているチャーチルの写真が飾ってある。

「あれはナチのゲッベルス宣伝相がロンドンの空から撒かせた写真なんだよ」とシマジが言うと、広谷が続けた。「『チャーチルはギャングみたいな男だぞ。お前たちは騙されているんだ』とナチは宣伝したかった。けれども、ロンドンっ子たちは『だからうちの親父さんは頼りになるのさ』と写真を家に持ち帰って壁に貼ったんだよ」。

ちなみに本コラムのタイトルの言葉は、首相就任後の有名な第一声だ。チャーチル談義は夜が更けても止まらなかった。

「広谷さんのタイトル通り、チャーチルはよく泣きますね」と野村。

「弱点なのか強みなのか、よくわからないクセだね。人前であろうとお構いなしだ」と広谷。

「ロンドンでも行われたルーズヴェルト大統領の追悼式でも、人目を憚《はばか》らず泣き、ぐだぐだの涙を拭おうともしなかったそうですね。あまりにも泣きじゃくるのでパフォーマンスじゃないか、と非難されたらしいじゃないですか」と眞。

「あれは嘘泣きじゃないと思うね。だってチャーチルは『私はルーズヴェルト大統領という愛人の気まぐれさを研究しつくした』と言っていたことを広谷が書いている。実際、アメリカが参戦してくれなかったら、英国はヒトラーに負けていたかもしれないんだからね」とシマジ。

第一次世界大戦後、厭世観が覆うなか、ルーズヴェルトは「あなたがたの父親も息子たちを絶対戦場には送らない」と公約して大統領になった。なのに参戦したのは真珠湾攻撃があったからだ。日本の奇襲が公約破りの大義名分となったのである。つまり、奇襲でいちばん喜んだのはチャーチルかもしれない。チャーチルは90歳で亡くなった。命日は父ランドルフと同じく1月24日だった。父の命日まで昏睡状態で頑張ったチャーチル。最後までドラマティックな男である。

Part 5

食べて、飲んで、愛して——

グルメからファッションまで
〝お洒落極道〟の面目躍如

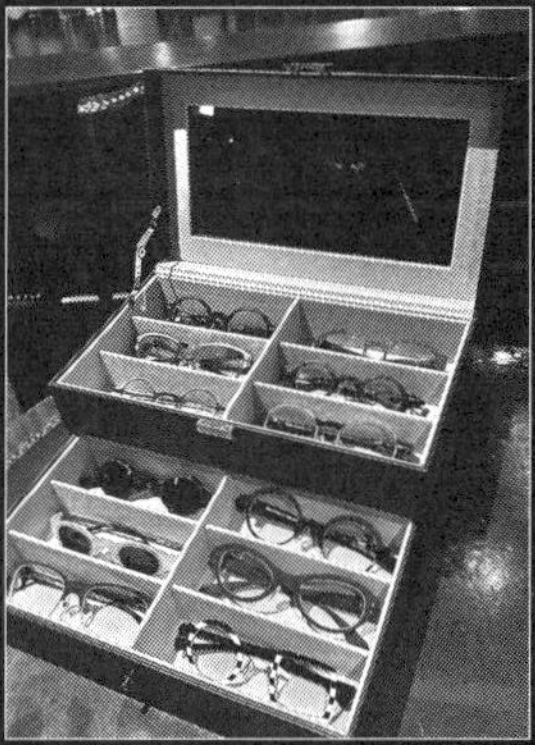

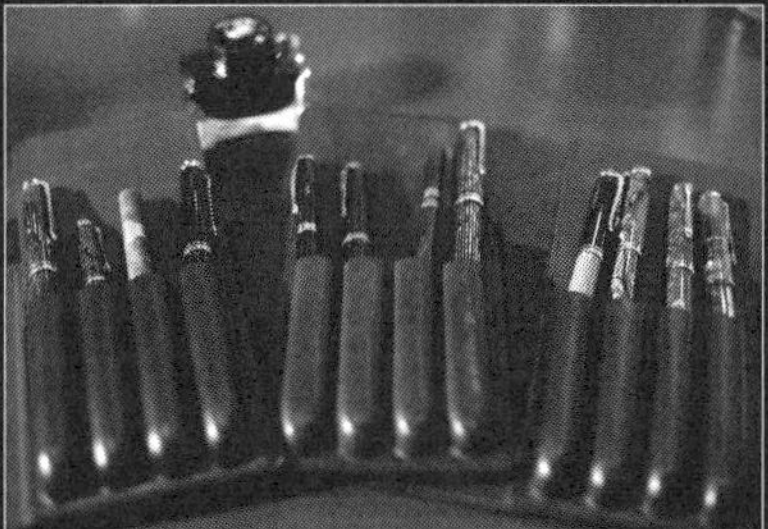

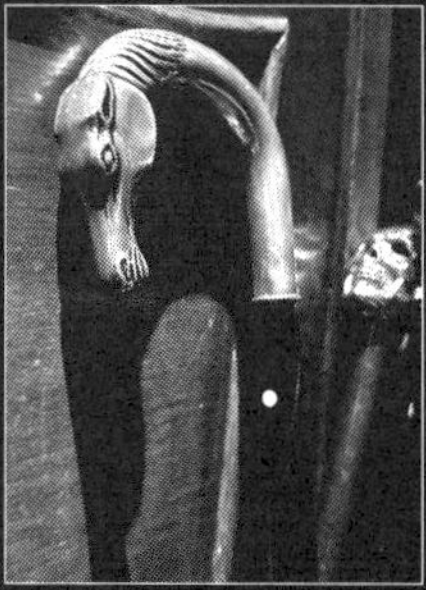

◎美しいものを見つけたら迷わず買え、迷ったら二つとも買え

シマジの著書『お洒落極道』（小学館）を読んだ読者から、「自分は稀代の浪費家だと悩んでいましたが、シマジ先生の浪費癖を知り安心しました。浪費には小学生と大学院生のスケールの差があるのですね」という手紙をいただいた。

またバーカウンターで、気品のある紳士に「シマジ先生の『お洒落極道』を読んで感銘したのは、道楽はアマチュアの部類で、極道とは道を極めるという意味なんですね」と褒められたこともある。その紳士は「シマジ先生の言う極道って893とはまったく関係ないんだ」と感心していた。

告白すると、シマジの浪費癖は生まれつきの宿痾《しゅくあ》である。小学校5年生のときわたしの地元、岩手から仙台に行く修学旅行があった。小遣いの限度額は500円。シマジ少年も同級生と同じように、母親からもらった500円を握りしめて、一ノ関駅前に集合した。シマジ少年はそのころから友達に奢《おご》る癖があった。それが堪《たま》らなく愉しいのだ。駅前の売店で気前よく大判振る舞いして、小1時間もしないうちに、有り金の500円を使い果たしてしまった。困ったシマジ少年は担任の先生に泣きついた。

「お小遣いの500円は母親からもらったんですが、今朝慌てて勉強机の上に置き忘れてしまったんです。先生、500円貸していただけませんか」

少年の浪費癖はつゆ知らず先生は気持ちよく貸してくれた。

ホッとしたのもつかの間、今度は松島の売店で、美しい白鞘の木製の刀を見つけた。もちろん1秒も迷わずシマジ少年は、大小の刀を買って、ベルトに差して粋がった。鞍馬天狗《くらまてんぐ》を演じた嵐寛寿郎《あらしかんじゅうろう》の大のファンだったのだ。刀の値は500円出して、釣りが20円しかなかった。シマジ少年は仙台に到着する前にまたゲルピンになってしまったのだ。

今度は女性の同級生5人から一人ひとりに「おまえだけに頼むのだが、○○子、100円貸してくれないか」と頼み込み、まんまと500円を調達した。シマジ少年の時代はまだ戦前の封建制度の名残があって、女は呼び捨てで呼び、男は女に○○さんと呼ばれていた。

帰宅したシマジ少年は、母親にすべてのことを正直に告白した。母親は「おまえはどうしようもないお馬鹿さんだね」と笑いながら、5つの袋に100円ずつを、1つの袋には500円を入れて、渡してくれた。もし明治生まれの父親にこの事実が知られたら、死ぬほどぶん殴られていたことだろう。

傘寿になったシマジ翁は先日、「島地勝彦公認スタイリスト」と呼んでいる加藤仁夫妻が経営している、広尾の「ピッコログランデ」に入った。目ざとく、入荷したばかりのロンドン、アルバート・サーストン製の〈サスペンダー〉を見つけた。もちろん、ボタン掛けのブレイシーズだ。ブルーグレーのものは、10月に封切りになる007の「ノー・タイム・トゥ・ダイ」で、ダニエル・クレイグ演じるボンドが着けて派手に決闘するそうだ。もう一つの白モアレのほうは、以前「カジノロワイヤル」で使われたものである。当然シマジは、迷わず二つとも買った。馬鹿は死ななきゃ直らない。

◎道を極めた者は、メニューにない〝極道料理〟を賞味する

シマジのランチは、自宅から徒歩3分にある恵比寿のマサズキッチンで、ほぼ毎日賞味している。独りのときがほとんどだが、たまには担当編集者や島地勝彦公認の面々と昼食を共にする。そのランチは、メニューに載っていないシマジ特製チャーハンだ。すでに鯰江《なまずえ》真仁《まさひと》シェフとシマジは、料理人とお客の間柄を超えている。シマジが頼むと鯰江シェフは、決して「ノウ」とは言わないズブズブの関係になって、早10年の歳月が流れた。

しかもシマジが11時半の開店前の11時15分にカウンターに座ると、できてから数分間が経ったと思われる特製チャーハンが、常にカウンターの上に置かれている。

シマジの泣き所は生得《せいとく》的な猫舌なのだ。60度以上の熱いモノは、食べられない特異体質である。子供のころ、明治生まれの親父に「お前は男らしくない」とよく怒られたが、そのうち母親が朝の熱い味噌汁のなかに、氷のカケラを入れてくれるようになった。そんなこととは露知らない親父は「最近、熱い味噌汁も飲めるようになったじゃないか」と莞爾《かんじ》と笑った。そんなわけで、シマジの人生最初の共犯者は母親だった。

鯰江シェフはシマジがたまに早く着くと、素早くチャーハンを作り、弟子たちと鍋の蓋で煽《あお》いで冷ましてくれる。至れり尽くせりの特製シマジチャーハンのレシピを、今回、簡単に紹介しよう。

まず100グラムにちょっと欠けるほどのA5ランクの牛肉をサイコロ状に切り、たっぷりのレタスとモヤシ、トウモロコシを用意して、タマネギの微塵《みじん》切りと干し桜エビを少々。ご飯は我が故郷、一関の湧き水で育てられた「しまじのたんぼ」のひとめぼれを炊きたてで用意する。それらを大きな中華鍋で煽り、オイスターソースで味付けする。人肌よりちょっと熱い程度に冷ましてシマジが食べるとき、4分の1に切ったすだちを搾る。すだちはグリーンの皮のほうを下にして搾るのが通だ。その上にニンニクを炒めて乾燥させたものを少々振りかければ完成だ。

思い起こせば、このレシピは寝ながら閃《ひら》いた。鯰江シェフに報告すると、彼の目がキラリと光った。「行ける」と思ったのだろう。この世でいちばん贅沢《ぜいたく》な第一級の〝極道料理〟、特製シマジチャーハンは、3600円(税抜き)である。

その後シマジが食べるデザートは自家製の杏仁豆腐である。まだ、さくらももこさんがご存命だったころ、「この杏仁豆腐をドンブリ一杯ご馳走《ちそう》していただけたら、シマジさん、何でも言うことを聞きますわよ」と宣《のたま》った。もちろん、シマジは応じ、瀬戸内寂聴さんの「痛快!寂聴仏教塾」を上梓したとき、「ちびまる子ちゃん」の作品から好きなカットを存分に使わせてもらったのである。

言うまでもないが、常連さん用の裏メニューというものはあるが、自分だけのスペシャリテは究極の贅沢である。

しかし、それ以前に、みんなが同じクリスマスディナーコースを食べることなどは気持ち悪くないか。グルメ本に紹介され、行列ができる風景もおぞましい。自分の嗜好《しこう》を貫く気概と志、それを評価し、応えてくれる店を持ってこそ、極道のスタートラインである。

◎ウイスキーは水で割ると、素直に裸になってくれる

文豪開高健もそうだったが、昭和1桁生まれのウイスキー好きは、ストレートで飲んでいた。もしかするとアメリカの西部劇の影響かもしれない。かくいうシマジも20代はストレートを愛飲していたが、30代の後半、ウイスキーとゴルフの聖地、スコットランドのバーに入って、現地の人はストレートで飲まないことを目撃して驚愕した。開高先生は生涯、サントリーのコマーシャル通り「何も足さない、何も引かない」と、ストレートでグビグビ飲んでいた。シマジが「スコットランドではウイスキーのストレートに加水するためにジャグという小さな水差しが付いてくるんですよ」と力説しても「ほんまかいや」という顔をして聞く耳を持たなかった。

あるときしゃぶしゃぶをご一緒する機会があった。シマジはウイスキーのストレートのグラスのなかに、霜降りの牛肉を入れ、たちまち薄ら白く色が変化する実験を文豪に見せたが、何のレスポンスもなかった。シマジは「文豪、あなたの食道もストレートで飲んで、毎回、軽い火傷《やけど》をしているのですよ」と言いたかったのだ。開高健は1989年、58歳の若さでこの世を去った。いまだったら完治の例証が沢山あるが、そのころの食道がんはほとんど不治の病であった。

シマジは文豪の命日12月9日に、毎年、鎌倉円覚寺に掃苔に行く。お墓にはサントリーのトリスウイスキーをたっぷりストレートでかける。線香の代わりにバトラー水間がパイプをブカブカ吸いながら、生前文豪が愛煙したパイプたばこ、シマジブレンド「ヘレニズム」の煙をモクモクと焚く。

西麻布のオーセンティックバー「サロンドシマジ」でも、よくストレートを注文されるお客さまがいる。うちのバーでは原則ストレートは禁じているのだが、ショット1万円のシングルモルトを注文されて「ストレートで」と言われると、商売根性が先走ってしまう。コロナ禍による第4次緊急事態宣言が施行される直前は、さすがのシマジも心を鬼にせざるを得なくなった。いくら保証するのかを言わないで休業を要請するのは、バーの経営者を侮蔑してるのではないか。これだけ保証金を出すから協力してくれというのが、人の礼儀、一流国のたしなみである。

「サロンドシマジ」のバーでは、通常ウイスキーはトワイスアップ（水と1対1）シェーカーでよくシェーキングしてから出す。この飲み方を知ったのは、40歳くらいのときである。シマジがエジンバラのとあるバーで独りで飲んでいると、いかにもスコットランドの大地主らしい恰幅《かっぷく》のいい紳士が入ってきて、シマジの隣に座った。紳士はバーマンに「いつもの」と頼んだ。バーマンはニッコリ頷くとラフロイグ25年を棚から取り出して、トワイスアップでシェーキングして出すではないか。シマジは目を丸くして見ていると、かの紳士は葉巻を1本吸い終わり、5、6杯飲んだところで、チェックして立ち去った。シマジは当然いまの紳士と同じラフロイグ25年をトワイスアップでシェーキングして欲しいと、バーマンに頼んだ。

「こうしてトワイスアップでシェークすると、ウイスキーが素直に裸になってくれるんです。お客さま、女性を服の上から抱擁するのと、裸になった女性を抱擁するのと、どちらがお好きですか」とバーマンはウインクした。

それからシマジは今日まで、裸になったウイスキーを迷わず愛飲している。

◎やっぱり〝3P〟は愉楽の境地である。

まず最初の〝3P〟のお相手は、インターナショナル・ネイル・アソシエーション〈INA〉の現役の副理事長で熟年のテクニシャンの矢野先生と大江先生である。矢野先生には両手の爪を担当してもらい、大江先生には両足の爪をお願いしている。そう、いわゆる〝ネイル3P〟の話である。手と足の指を同時に触られる感覚はなかなかのものだ。人生80歳で知った快感である。

矢野先生には伸びている爪を丁寧にヤスリで削って整えてから、透明のジェルを塗る。強烈なライトがついたカプセル状のなかに片手ずつ入れて乾かす。左右の親指には絵を描いてもらっている。右の親指爪にはウイスキーの聖地スコットランドの国旗だ。ブルーの上に白いバッテンを描く。いつだったか、スコットランドの空港の税関の役人たちがそれを見つけた。みんなが面白がって集まってきて、スマホで撮影してくれた。

左の親指の爪には白地にチョコレートブラウンに日焼けしたドクロを描いてもらっている。その指にはイケメンドクロのリングを嵌めている。なぜシマジはこれほどドクロが好きなのか。ラテン語の「メメント　モリ」〈死を忘れるな〉という言葉を気に入っているからだ。

人間は等しくいずれ死ぬ。シマジは死ぬとき「ああ、愉しかった」と言って死にたい。死を忘れないためのドクロなのである。

大江先生にはペディキュアをやってもらっている。両先生に同時に手と足のネイルをやってもらっている果報者は、この世でシマジだけかもしれない。足の8本爪にはシマジの大好きなナイルブルーを塗ってもらい、残った左右の1本ずつに鮮やかなブラウンを塗ってもらう。他人にペディキュアは見せびらかすことはないのだが、唯一女房にはマニキュアもペディキュアも見られてしまう。見るたびに「気持ち悪い」と言うが、お洒落極道のシマジはまったく気にしない。お洒落とは自己満足なのである。約3週間に1回やっていただき、約2時間かかる。その間シマジはいつも気持ち良さに酔いしれている。

次の〝3P〟のお相手は、自宅から指呼の間にある「ケッズプラス治療院」の鍼《はり》と整体の先生だ。金子先生と若い菅原先生である。年甲斐もなくバーのカウンターに立っていることが原因なのか、座骨神経痛に罹《かか》ってしまったので、金子先生に治療してもらっている。金子先生はオリンピックの選手たちを治療しているベテランである。金子名人はシマジの腰の皮膚の下に潜む病の部位を発見すると、欣喜《きんき》雀躍《じゃくやく》して「ギャング発見！」と明るく叫ぶ。シマジは同時に「イタタタ！」と悲鳴を上げる。

その金子先生が網膜剥離の手術と休養のため長期にわたり休みに入ったので、ピンチヒッターで菅原先生がやってくれることになった。奇しくも菅原先生は、シマジと同じ県立一関一高の後輩だった。まもなく金子先生が眼帯をつけて社会復帰してきた。

「まだひとりで全部治療するのは難しいので、当分菅原と2人でやらせてください」

ということになり、〝3P〟整体と鍼の体験に浴することになったのである。はじめ両先生は上半身と下半身に分かれてマッサージをたっぷりやってくれた後、鍼治療してくれる。同時に違う「気」が入ってくる体感は、生まれてはじめての堪らない悦楽であった。

◎三つ子の魂を百歳まで燃やせ

わたしが毎日食べているランチは、恵比寿のマサズキッチンで鯰江《なまずえ》シェフが作ってくれるシマジ特製チャーハンである、と以前に書いた。あるときシマジが舌鼓を打っていると、小さな男の子がママと近づいてきた。

「シマジさん、これがドクロ好きの息子の佑多《うた》です。佑多、シマジさんにご挨拶しなさい」

「こんにちは」

「君か、ドクロ好きの少年は。おじさんの手を見てごらん、ドクロの指輪をこんなに嵌《は》めてるんだよ」

佑多少年はシマジの10本の指に嵌められたドクロリングを興味津々に見入っていた。佑多とはいい名前ではないか。佑とは天佑の佑である。「う」とも読ませる。由緒ある神社の神主さんに付けてもらったそうだ。いま3歳児の佑多少年がドクロに目覚めて夢中になったのは、2歳になる前だという。鯰江さんの家ではＹｏｕＴｕｂｅがテレビで見られるようになっている。佑多はＹｏｕＴｕｂｅで一度見たドクロを忘れることができず、何度もその場面をせがんだ。いまではＹｏｕＴｕｂｅでのドクロ探しに余念がない。同じ年の友達はアンパンマンや「お母さんと一緒」に夢中になっているのに、佑多は見向きもしない。保育園で絵を描けばドクロばかり描いている。保育園児たちはドラえもんのマスクを気に入っているのに、佑多はドクロのマスクが欲しいと、ママにせがみ、自家製のドクロマスクを着けている。佑多は保育園でスカルボーイとして有名なのだ。

鯖江パパがシャワーを浴びて出てくると、佑多は「今日はこのドクロのTシャツを着てくれる」と待ち構えて頼んでくる。自分もドクロのTシャツを着て保育園に行く。圧巻はベッドで寝るとき、佑多と同じ背丈のガイコツ全身模型と一緒に同衾《どうきん》していることだ。

もうひとりのドクロ好き少年は、シマジが毎夕刻バーに行く前にディナーを食べる東4丁目にあるオステリア・ルッカの桝谷シェフの長男・匠太朗少年だ。小学1年生の匠太朗は6歳にしてすでに匠なのである。店の看板のルッカの字の下にはなかなか味のある字で、「東4丁目」と書いてあるのが、5歳のころの匠太朗の字だと知って驚いた。桝谷パパは匠太朗の才能に気がついて、息子が描いたピカソ風のモノクロ抽象画を背中にプリントしたTシャツを200枚作って、お客さまにプレゼントした。その匠太朗がいまでもよくドクロの絵を描くという。

匠太朗のお母さんはテレビタレントの虻川美穂子さんだ。だからママが仕事で忙しいときは、匠太朗は桝谷パパと店に来ることがある。なかなかのイケメンでしかも愛想よく「いらっしゃいませ」とお客さまに挨拶する。

この2人の少年を見るにつけ、日本の将来は捨てたものではないような気がしてくる。

シマジがドクロに目覚めたのは30代半ばだった。ロンドンのアンティークショップで古いスカルリングが沢山並べられていた。その横には「メメント　モリ」とラテン語で書かれていた。これは「死ぬことを忘れるな」という意味である。人生は冥土までの暇つぶし。悔いなく生きろということらしい。それからシマジはドクロリングの虜《とりこ》になり、いまではバーで販売しているくらいである。

◎各種野鴨のオンパレード料理にシマジは〝舌勃起〟した

自慢じゃないが、シマジは80有余年の生涯で野鴨を千羽以上食べたと、確信している。もちろん野鴨の王様、真鴨の雄の青首である。野鳥は鴨も雉も山鳥も、雄の姿のほうが絢爛《けんらん》豪華で美しい。人間さまと違い雌は地味なのだ。

天然の鴨は冬期にシベリアの極寒と雪から逃れ11月ごろから日本に飛来してきて、2月中旬ごろ、またシベリアへ飛び立って行く。まあ皇居のお濠にいる軽鴨のように一年中日本にすみついている怠け者もいるのだが。

毎年2月15日で鴨猟の解禁は終了する。その1週間前の土曜日、バーの営業を早めに切り上げ、六本木の「スピーゴラ」に駆けつけた。メンバーはバーの仲間、マツモト、ヒロエ、バトラーのミズマ、そしてシマジの4人である。

持ち込んだタリスカー10年でスパイシーハイボールを作ると、「スランジバー！」と乾杯して宴ははじまった。最初に出てきたのは本州の月の輪熊のルイベだ。北海道のヒグマと比べると、こちらはあっさりしていた。上にはトリュフがふんだんにかかっている。贅沢《ぜいたく》なルイベを堪能すると、いよいよ三浦ソムリエによる鴨のオンパレード料理がはじまった。鴨は千葉で網捕獲されたもの。散弾銃で撃ったものよりストレスがかからないので美味い。

今夜の鴨の種類は尾長鴨、真鴨雌、青首、小鴨。小鴨は通称「たかぶ」という。まずドイツ製の鉄板鍋で各種1枚ずつ焼いてくれた。それに英国マルドンの天然塩を付けて食べた。シマジにはやっぱり青首がいちばんで、上品さでは、たかぶかなと、微妙な食感を愉しんだ。

あまりのうまさに舌が鋭敏となり、勃起したような気分になる。いうなれば舌勃起である。焼きの最後は4種類の鴨をつくね状にした小さな塊を三浦ソムリエが付きっきりで焼いてくれた。

その後、同じ鍋に鴨の骨を炊いて取ったスープを投入、醤油で味付けしたタレを加え、同じようにさまざまな種類の鴨をしゃぶしゃぶ風にして賞味した。そこに秋田の白神山地から送られてきた椎茸、豆腐、4種類の鴨を混ぜたつくねを入れ、火が通るのを待った。仕上げは白神山地のセリとネギ。最後に天然のなめこと山芋をすりおろした団子を入れて、究極の鴨鍋は完成した。この山芋団子は弾力があり、シマジは再び舌勃起した。

さらに半熟の卵を半身に切って、その上になめこを載せたもの。山芋のとろろの上にたかぶをのせた一品が出てくる。最後は、オーナーシェフの鈴木による石臼手打ちそばだ。いまから5、6年前、ここではじめて食べたときに出されたそばに落胆し、「これはコンビニのそばなのか」と、口が滑ったことがある。奮起した鈴木シェフは自らそばを打って、パスタマシンで切るという。打ったそばを茹でて冷まし、さまざまな素材のうま味が凝縮され、濃厚になった鴨のスープに付けながら、食べると、またまた舌勃起した。デザートの白神山地のリンゴも新鮮で舌をやさしく癒やしてくれた。

鈴木オーナーシェフはなぜ、白神山地の食材にこだわるのか。秋田はきりたんぽの鍋文化が特別に進化しているからだという。極道の舌を持つシェフがたどり着いた境地であろう。食べ物との出合いも、また愉しからずやである。

◎葉巻と女は放っておくとすぐ消える

シマジが生まれてはじめて葉巻を吸ったのは、25歳のときである。創刊されたばかりの「週刊プレイボーイ」の新人編集者として、幸いなるかな、眠狂四郎の生みの親、柴田錬三郎先生の人生相談の担当編集者になっていた。和服を着て、美味しそうに葉巻を燻らせる先生の鯔背《いなせ》な姿に惚れ惚れしていると、「シマジ、お前も吸ってみるか」と仰《おっしゃ》るではないか。柴田先生がシマジに葉巻の手ほどきをしてくれたのである。

吸った煙は絶対に肺に入れないこと。吸う前に葉巻のリングを外すこと。リングを外すのは、おれはこんな高価なシガーを吸っているんだと、見せびらかすのが下品なのだ。

この運と縁と依怙贔屓《えこひいき》がなかったら、シマジは若いときから葉巻に淫することはなかったろう。

シマジがはじめて吸った葉巻はハバナ産のダヴィドフのNO5、愛称グランクリューだった。

そのころはまだダヴィドフはキューバに煙草畑を持っていて、キューバンシガーを生産していた。しかし、1990年以降、キューバからドミニカ共和国に生産地を移転して、いまやキューバンシガーより上質な葉巻を生産している。よくシガーとシガレットの違いを聞かれるが、農作物と工業製品ほど違う。サロンドシマジのバーでは、ダヴィドフシガーを主に売っている。ダヴィドフ社の依怙贔《えこひい》屓《き》で「Ｄａｖｉｄｏｆｆ」と大きく書かれた縦長のヒュミドールが、バックバーに嵌《は》め込まれている。

この豪華なヒュミドールは、ダヴィドフ本店があるジュネーブと、ロンドン、西麻布のうちだけにある貴重品だ。おかげさまでダヴィドフの葉巻は、常時湿度80％のヒュミドールのなかで静かに眠っている。葉巻好きのお客さまは、ほどよいシガーの状態に思わずほくそ笑んでしまう。ちなみに葉巻に最高の状態とは、〝半勃ちの魔羅〟状態の固さである。

はじめて吸うお客さまにシマジは丁寧にアドバイスする。まず吸う前にリングを外すこと。片燃えしないようにシガーの切り口にしっかり着火すること。肺には吸い込まないこと。でも初心者が短い葉巻に着火して、最後まで火を消さずに吸い続けることは難しい。シガーは放っておくと、自然に消えてしまうのだ。「すみません。火が消えてしまいました」とお客さまが恥ずかしそうに言うと、すかさずシマジは言う。「葉巻と女は放っておくと消えてしまいます」「アッハハハ、名言ですね」。

だから葉巻から火事になることは滅多にない。火事はシガレットの不始末からだ。

約40年前、エジンバラのアンティークショップでシガーフォーク（短くなった葉巻を根元まで吸うのに便利なアイテム）を見つけた。伊勢丹でこれ見よがしにシマジが使っていたら、是非欲しいというお客さまが何人も現れて、島地勝彦公認彫金師、マスダ・セイイチロウに頼んで、20個のレプリカを作ってもらった。1個2万円で売り出したら、瞬く間に完売して、大ヒット商品となり、これまでに合計200本以上を売った。いまどきシガーフォークを売っているのは、世界中でうちだけだと、自負している。

シマジは78歳のとき心筋梗塞に襲われ、以来、ドクターストップで1本のシガーも吸っていない。シガレットは16歳から吸っていたが、25歳で葉巻を知ってからは切り替えた。シガーも女も極めたかは心もとないが、消さないようにはすることはできる。

◎オンラインセミナーは凄い発明だが、いま一つ迫力に欠ける

先日、シマジは生まれてはじめてオンラインセミナーをやった。「Salon de Shimaji」と大丸札幌のD'sラウンジを繋いでの講習会である。司会は富裕層向けウェブサイト、「JPRIME」編集部の川上さん。「みなさま、土曜日の午後にお集まりいただき誠にありがとうございます。本日の講師の島地勝彦さんは、1980年代に『週刊プレイボーイ』を100万部まで育てた伝説の編集長で80歳のいまもエッセイスト&オーナーバーマンとして活躍されております」と紹介してくれた。この日のテーマは「ヒグマステーキとウイスキーの愉しみ方」という変態極道話である。

「シマジです。よろしくお願いします。まずは乾杯といきますか。ではタリスカー10年のスパイシーハイボールを作りましょう。みなさまに行きわたりましたでしょうか。では、わたしが『スランジ！』と言いますから、みなさまはご一緒に『スランジバー！』とご唱和ください。では『スランジ！』」

少し遅れて「スランジバー！」とパソコンのスピーカーから聞こえてきた。

「これは毎晩スコットランドのバーでやっている乾杯の言葉です。ゲール語で『あなたの健康を祝して！』とバーマンが言うと『あなたも！』と返すのです。では味わってください。どうですか。このタリスカー10年はどことなくスパイスの香りがしますので、そこを強調するためにピートで燻製したインド産の胡椒を上からかけているんです。ソーダーはサントリーの山崎プレミアムソーダです」

喉を潤したところでいよいよヒグマの話である。「ヒグマは日本の野生動物の王様です。体重は300キロから400キロあり、立ち上がると人間よりはるかに背が高いのです。かれらは標高2000メートル以上の山に生息していて、ドングリ、クリ、クルミ、スモモを好んで食べています。ですから脂身からはドングリのクリの香りがします。赤身より真っ白い脂身が美味いです」。

大丸で用意したのはヒグマのしゃぶしゃぶ。西麻布の店では近所のお気に入り、コントワールミサゴの土切シェフにルイベを届けてもらった。「ヒグマも野鳥も銃で撃って獲るよりも、罠で獲ったほうがストレスがかからないので美味しい。このヒグマに合うウイスキーはグレンファークラス28年です」。グレンファークラスはスコットランドハイランド地方のスペイサイドにある、19世紀から続く蒸留所で造られている。スコットランド最高峰、ベンリネス山からの清流を水源にし、ノンピートモルトを使用している。25年は濃厚でビターな味、市販で手に入るが、28年は希少だ。オーナーがバーのオープン記念日にボトリングしてくれたのである。これが熊の脂によく合う。日本のヒグマとスコットランドのウイスキーの出会いは天啓《てんけい》と言うしかない。

「スコットランドでは誰もストレートでウイスキーを飲む人がおりません。必ず加水するか、ウイスキーと水をトワイスアップ〈1対1〉でシェークします。ストレートで飲んでいると喉の粘膜が軽い火傷を繰り返し、ついには食道がんになる可能性があります。そちらでもトワイスアップでシェーキングしてください。では用意ができたようですので、ふたたびスランジバーをいたしますか。『スランジ！』」。オンライン講習会は無事に終わったのだが、パソコンを切ると、バーには静寂が訪れる。この寂しさはどれだけテクノロジーが進化してもどうにもなるまい。

◎保護猫のスズちゃんが福猫になった日

今年83歳になったシマジだが、真夏が来るのが待ちきれない。広尾5丁目にあるブティック「ピッコログランデ」で20年以上前に買ったモンクレールのショートパンツに、最近新宿で購入したばかりのオニツカタイガーのサンダルを履いて、毎日元気に闊歩《かっぽ》している。シマジの左右の足の爪には綺麗にペディキュアが施されている。右の足の親指にはブルーの青空と黄金の豊作の小麦畑をモチーフにしたウクライナの国旗が描かれている。次の指が銀色、その次も銀色、薬指はレッドワインカラー、小指はまた銀色である。左の足の親指には大好きなウイスキーの国、スコットランドの国旗を描いてもらった。次が銀色、ワインレッド、銀色、そして銀色と続く。

このペディキュアを塗るネイリストの大江みな先生はじつに面白い方である。人を笑わせる才能の持ち主だ。吉本興業に入っても十分に喰って行けるだろうなと思うほどだ。

「シマジ先生、聞いていただけますか。うちの1歳半の保護猫のスズちゃんがやってくれたんですよ」

ペディキュアを描きながら大江先生が語りかけてきた。

「えっ、また粗相でもしたんですか」「わたしはいつもスズちゃんには、まるで人間相手のように『スズちゃん、おはよう』と愛想よく声をかけるのですが、どうもスズちゃんはわたしを同じ雌と思ってるのか、不愛想で、男のわたしのパートナーに懐いているんです。紙を小さく丸めて遠くに投げると、犬のように咥えて戻ってくる技もパートナーにしか見せません。結局、わたしはスズちゃんの単なるご飯係であり、トイレ掃除係であり、ブラッシング係なんですよ」「どんな人間でも猫からみれば、召使いみたいなものですよ」

「去年の話なんですが、ハロウィンジャンボミニ宝くじを20枚セットで買っておいたのをたまたまテーブルに置いてたら、スズちゃんがジャンプしてテーブルから宝くじの束を床に落として、じゃれはじめたんです。するとそのなかの1枚を引き抜いて宝くじの端を囓り切ったんです。それがナント、5万円の当たりクジ。それから何度もスズちゃんに新しい宝くじを買い与えているんですが、まったく見向きもしてくれないのです。先生どう思われますか」「面白い話ですね。わたしは猫には人間よりもはるかに超能力はあると確信しています。保護猫のスズちゃんにも超能力があるんです。大江先生、5万円のお返しに何をお礼したんですか」「ペットショップで最高級のペットフードを買って、スズさまに差し上げました。スズちゃんはニャアニャア鳴きながら興奮して食べていました」「大江先生、エサぐらいじゃ5万円の感謝の気持ちがこもっているとは思えませんね」「ではシマジ先生ならどういうお礼をしますか」「わたしならスズちゃんのいちばん可愛いポートレイト写真を巷のストリートアーティストに頼んで肖像画に描いてもらいます。それを額装してスズちゃんの目線の高さに飾ってあげます。そのうえで『スズちゃん、有り難う。今度は1億円当ててくださいね』と話しかけますね」「さすがシマジ先生、わたしもやってみようかしら」「もし1億円当たったら、新しく購入したマンションにスズ御殿を作ってあげてください」「先生、わたし1億円当たりそうな気になって参りました」「人は信じる者だけが救われるのです」

改めて、人間は猫のしもべである。

◎上質な紅茶は一つの「知る悲しみ」である

サロンドシマジで常時出している評判の紅茶は、10年以上前に英国人ジェフ・トンプソン氏から直伝してもらったブレンドティーである。そのころ、シマジは英会話を習っていたが、教わるだけでは面白くないので、英国人仕込みの紅茶の入れ方を英語で学びたくなったのだ。

広尾のジェフの自宅には約30種類の紅茶の葉が並んでいた。「日本人はよくダージリンだけとか単品の茶葉を煎じて飲んでいますが、英国人は必ず数種類の茶葉をブレンドします。まずシマジさん独自のブレンドを試みてください。そしてわたしと比較して飲み比べてみましょう。ここに30種類の葉っぱがありますから、シマジさんのお好きな香りのお茶をブレンドして作ってみてください」とジェフは綺麗な英語で説明してくれた。言われた通りにシマジは香りのいい茶葉をブレンドして、お湯を注ぎ10分以上待った。そしてお互いのブレンドティーを飲み比べた。「ジェフ、わたしのブレンドは味がとっちらかっているけど、ジェフのは深みのある上品な味がするね」。その日から10回くらいブレンドを試みたが、シマジはジェフのお点前《てまえ》には遠く及ばなかった。シマジが完敗を認めると、ジェフがおもむろに紅茶の真髄を教えてくれた。それはジェフ秘蔵の中国茶ラプサンスーチョンを必ず混ぜることだった。まるで文章のピリオドのようにすべてが締まる。これは英国人の生活の知恵らしい。どんなブレンドでもラプサンスーチョンを入れると全体が締まってくるそうだ。最低4種類の茶葉をブレンドして最後にラプサンスーチョンを入れると、相対的に味が完璧に調《ととの》ってくるらしい。

ジェフの紅茶講義を愉しんでいたころ、当時の伊勢丹社長、大西洋氏から伊勢丹メンズ館8階に、ブティックサロンドシマジと併設して、スタンディングバー・サロンドシマジを作らないかという提案があった。新しモノ好きなシマジは二つ返事で飛びついた。ちょうど伊勢丹本館地下1階にリーフルという紅茶専門店があった。そこの山田栄社長にシマジブレンドをつくってくれないかと頼むと、二つ返事で承諾してくれた。そんなわけで伊勢丹のサロンドシマジでシマジブレンドの紅茶が飲めるようになった。また、そのブレンド茶葉を銀色のパックに詰めて売り出した。いまの西麻布のサロンドシマジではこのパックは売っていない。でも、山田栄社長の依怙贔屓で、伊勢丹地下の紅茶専門店「ナヴァラサ」ではリーフルの商品を置いてくれているので、いつでも買える。

このシマジブレンドのレシピはアッサムリーフ、オーガニックウバ、ダージリンオレンジ、アールグレイクラシック、そしてラプサンスーチョン。濃厚なアンズの香りもまぶしている。これは山田栄社長のアドバイスに従った。こういう紅茶を知ってしまうと、これなしでは生きていけなくなるという意味で、「知る悲しみ」がある。しかし、それを知らない平穏な人生にどれほどの価値があろうか。

以前シマジが所有していた同じフロアーの仕事場兼バーのマンションに、いままで200人以上招待して、シングルモルトやシガー、シマジブレンドの紅茶を振る舞ったが、サントリーのマスターブレンダー、鳥井信吾副会長には驚愕した。一口飲む前に香りを嗅いだ途端、こうつぶやいたのである。

「うーん、これはラプサンスーチョンの香りがする」

いままでラプサンスーチョンの隠し味を見破った御仁は鳥井信吾副会長ただひとり。サントリーの創業者、鳥井信治郎の大阪の鼻は、今なお孫に受け継がれている。悲しみとともに。

◎一日にリンゴ一個とタマネギ一個。これでまさに医者知らず

前にも書いたが、シマジのブランチは毎日午前11時、恵比寿の中華、マサズキッチンではじまる。まずは細かく切って水に30、40分間ほど晒したタマネギ半個にかつ節を山盛りにかけて、中華風のタレをかけたものだ。続いて主食だが、こちらはシマジ特製チャーハンやよだれ鳥の冷麺、冷やし担々麺を日替わりで食べている。3種類の料理にはいずれもたっぷりと松の実がかかっている。そして雲《うん》白肉《ぱいろう》にとりかかる。これは中華料理の小さな王様だ。蒸した豚バラを細く切り、薄切りのキュウリで捲いて食べる。タレが絶妙である。それに豆苗をちょっとだけ炒めたものを食べる。デザートはいつも杏仁豆腐と決まっている。店は11時半の開店だが、シマジはそのころには帰り支度をしている。

シマジのディナーは水金は和食だ。女性の料理人が経営する恵比寿の「吉夏」で5時からスタートする。ここでもタマネギを食す。火を入れた半個のタマネギをミキサーでトロトロに潰して、昆布出汁で味付けた冷製スープである。白く美しい見た目はビシソワーズに似ている。その前にタリスカー10年のスパイシーハイボールを飲む。いまのシーズンはノドクロを三枚に下ろし3、4時間干したものを4分の1だけ焼いてもらっている。それに冬瓜の煮染め、島根のブランド、どんちっちアジの刺身、締めはだだちゃ豆ご飯。デザートは持ち込んだリンゴ1個を擂り下ろしてもらって食べている。

火木のディナーは広尾のオステリアルッカだ。いろんな野菜の山盛りのサラダからはじまり、奥出

雲牛のモモ肉で第二のヒレと言われている部位を薄く切ってもらう。生肉の上には肉が見えなくなるほどタマネギが盛られている。味付けはバルサミコソースである。下から牛ヒレを取り出しタマネギを包んで食べる。それから2種類のトマトのスープをたっぷりいただく。デザートにはここでも摺り下ろしたリンゴである。土曜日のディナーはバーで一緒に働いている仲間と「かぶいて候」という店で愉しんでいる。そこでもタマネギ半個にかつ節をのせたものをポンズ味で食べている。アボカドと生海苔の和えものや納豆と塩辛の和えものを海苔に包んで食べている。ときにはレバーの焼き鳥、メンチカツなどをみんなでシェアする。月曜日のディナーは「深夜食堂ギャマン（旧店名・深夜食堂はなれ）」で凝ったタマネギ料理を賞味する。米酢とすだちに3日間漬け込んだタマネギの上に、削り立てのかつ節をのせるのだ。そして牛肉のしゃぶしゃぶ、バターがたっぷり練り込まれたコロッケ、ナスのバター焼き、この上にも削り立てのかつ節がたっぷりとかかっている。生醤油を振りかけて白米と食べる。もちろん摺り下ろしたリンゴ1個のデザートで締める。

たまに同伴するバトラー水間がいみじくも言った。

「シマジさんはどこの店でも、オーナー面して食べているのがサマになって可笑しいです」

島地勝彦公認料理人たちの依怙贔屓《えこひいき》のお陰で、長年数値が高かった中性脂肪がみるみる落ちた。600台だったのが、いまや120台である。ヘモグロビンA1cも8から7・1になった。2カ月後の採血でもっと数値が下がっていることを期待している。人生の正義は元気だけである。そして、元気の源は依怙贔屓をしてくれるレストランのシェフたちだ。そのご恩返しとして、シマジは毎週同じ店に通い、ときには客を紹介する。人の世はこうして廻っていくものだ。

◎極上の万年筆は向こうから書き手に寄り添ってくる

約3年振りに一関に帰郷した。今回の最大の目的は、ジャズ喫茶ベイシーのマスター菅原正二さんに、新しい万年筆をプレゼントすることだ。１９４２年生まれの正ちゃんはいまでも雑誌「ステレオサウンド」で健筆を振るっている。万年筆は手書きの物書きにとって武器である。正ちゃんに贈呈する新しい万年筆は、世界的に２００本しか生産されなかった、ドイツ製のペリカンＭ１００５シュトレーゼマンである。この至宝は島地勝彦公認の万年筆顧問、足澤公彦の見立てによって選ばれた。

足澤顧問の説明によれば、「ペリカンＭ１０００シリーズは、モンブラン・マイスターシュテュック１４９を凌駕する目的で誕生した万年筆で、ペリカン万年筆のなかでもっとも大きなサイズです。ペン先は18金。全体をロジウムメッキしています。菅原正二さんのために選んだシュトレーゼマンの字幅は太めのＭです。Ｍとは一般的には〈中字〉を意味しますが、実際には〈Ｂブロード：太字〉くらいの大きなイリジウムが付いていて、中太字から極太字が書けるように調整を施してあります。ペリカンＭ１０００シリーズの最大の魅力は〈やわらかな筆記感〉です。大きいだけでなく、大変弾力のあるペン先なので、モンブラン・マイスターシュテュック１４９とはまったく異なった書き心地のはずです」。ちなみにシュトレーゼマンという名前の由来は１９２６年にノーベル平和賞を受賞したドイツ・ワイマール共和国の外相、首相のグスタフ・シュトレーゼマンに因《ちな》んでいる。シュトレーゼマンはヨーロッパ政治史に名を残すほどの経歴の他に、〈ディレクター・スーツ〉という礼服を発案したお洒落な人物だ。

「シュトレーゼマンは黒色の背広と黒色と濃灰色の縞柄《しまがら》のズボンの組み合わせを発案したんです。その柄の組み合わせは当時ヨーロッパ諸国で大流行し、このスタイルを〈シュトレーゼマン〉と呼ぶようになりました。シマジさん、この万年筆を手に取って見てください。ブラックキャップは背広、シルバーのキャップ天冠がシャツ、クリップがタイ、胴軸のダークグレイの縞模様がコールズボン、ブラックの尻軸が革靴、と見えてきませんか」。なるほど、そう見えてくる。

「確かに格調あるお洒落な万年筆だね。わたしも新しい1本を使ってみて、スグレモノだったので、これは正ちゃんに贈呈しようと決めた。正ちゃんはオーセンティックバー、サロンドシマジのオープンに当たり、1960年代のEMIの秘蔵スピーカー2つを惜しみなく永久貸与してくれた。そのお返しの意味も含めて、この至宝の1本を持参するか」「菅原さんも絶対喜ばれると思いますよ」

そしてペリカンM1005シュトレーゼマンの贈呈式が厳かにジャズ喫茶、ベイシーで行われたのである。「いやいやシマジさん、ありがとうございます」。真剣な面持ちで正ちゃんは試し書きしてくれた。「うん、なるほど。これは名器ですなあ。筆圧をかけなくても流れるように書けますね。少しウオーミングアップを積めば、おれの筆圧に合ってくるかも。次回のステレオサウンドの原稿がいまから愉しみです」「ゆっくり時間をかけて使ってみてください。そのうちペリカンのほうから正ちゃんに寄り添ってきますよ」。

男同士の友情はときに恋愛を凌駕《りょうが》するとシマジは思う。人と万年筆の関係もそれに似ているかもしれない。

◎ヒグマのモモ肉の脂身のルイベは絶品だ

コードネーム「OSO18」。出没奇抜な〝忍者ヒグマ〟に付けられたコードネームである。北海道厚岸《あっけし》のはるか遠く、標茶町《しべちゃちょう》オソツベツではじめて被害が発生したので「OSO」である。「18」とは、その忍者ヒグマの足跡の横幅が、なんと18センチもあったからだ。無人カメラが撮影した映像から憶測すると、身長2メートル、体重は300キロ以上。推定年齢10才の雄。しかも夜間にだけ出没して、放牧されている乳牛を襲い、はらわたに食らいつき平らげる。

普通のヒグマは高い深山に生息して、クルミ、どんぐり、栗、スモモといった植物、果実を主食にしている平和主義者なのだが、このヒグマはライオンみたいに乳牛の内臓を好んで食べる。OSO18は2019年ころから出没。2023年の夏には北海道庁から「駆除」が発表されたが、捕獲後にバラバラにされてしまい、いろいろな謎が残ったとされる。4年間に襲われた乳牛は70頭、被害額は2000万円以上だそうだ。知能が高く、いままで人前に姿を見せたことはない。見た人がいないことから「忍者ヒグマ」という異名が付いたという。異常なまでの人間に対する警戒心が強いのは、エゾシカ猟師に間違って撃たれた体験からだろう、という報道もあった。

普通の北海道のヒグマは一生に一度も動物の肉を食べない。忍者ヒグマが肉食に変わったのは、最近都会からくるエゾシカ猟師たちの影響かもしれない。彼らは撃ったエゾシカの死体をそのまま放置して引き揚げてしまう。忍者ヒグマは偶然、エゾシカのはらわたの美味《うま》さを知ってしまったのだろう、と地元のベテランハンターはこぼしている。

と、ことほど左様にヒグマに興味を持っているのは他でもない。シマジは北海道のヒグマを一年中食べているのだ。とくに赤身より雪のような真っ白い脂身が好きだ。こちらのほうが特段に美味い。

「今年も冬眠前のたっぷり脂がのったヒグマの肉が40キロも手に入った」

そんな知らせをくれたのは、広尾の日赤通りの「コントワール・ミサゴ」の土切祥正《つちきりよしまさ》シェフである。自慢じゃないが、シマジはいままで野鴨は1000羽以上食べ、ヒグマは10頭以上食べている。鴨もヒグマも銃で撃った獲物よりも罠や網で捕獲したもののほうが、肉にストレスがなくて美味である。だから忍者ヒグマは食べてもあまり美味くなかっただろうとシマジは想像している。ライフルで撃たれたため、血が全身に回り、そのストレスから味は劣化する。乳牛のはらわたを好んで食べている忍者ヒグマの味は論外であろうと確信している。

クマでとくに美味いのはモモの脂身である。それを土切シェフはルイベにして、醤油とわさびで食べさせる。ヒグマのしゃぶしゃぶも絶品だ。以前は本州の月の輪熊を味噌仕立ての熊鍋にしてよく食べたものだ。でもヒグマの味を知ってからは、月の輪熊は淡泊に感じてしまう。ちょうど魚のカツオとマグロくらいの差がある。

蛇足だが、野鴨は鉄板の御狩り場焼きも美味いけど、長ネギを使った鴨のハンバーグを特別に土切シェフに作ってもらっている。料理人にメニューにないものを作ってもらうようになったら、食通の端くれと自負してよい。一関の疎開時代、親父が空気銃で撃ち落としたスズメを母親がハンバーグにしてくれた。シマジにとって忘れられない味なのである。

◎それはラブレターか脅迫状か

いま世界中のウイスキーラバーの間で話題になっている山崎55年は、ベルギーの酒屋で1本1億2000万円で売り出しているそうだ。シマジも4年半前、作文を書いて応募、ゲットした。サントリーが購入の権利を作文審査で決めたのである。当時は税込みで1本330万円だった。限定100本に対して22万通の作文が送られてきたそうだ。サロンドシマジをオープンしたころ、その山崎55年をバックバーに飾っておいた。が、NHKで放映されてから多くの常連客から「貸金庫に預けたほうがよい」と警告された。そんなわけでいま実物は銀行の貸金庫に眠っているが、それでは寂しいので、天才の近藤仁画伯に写生してもらい、バーに飾っている。何人ものお客さまがスマホで撮影していく。

手塩にかけて、このボトルを作ったサントリーの福與《ふくよ》伸二チーフブレンダーはその絵を見て、しみじみとこう言った。「わたしたちが作った山崎55年以上の存在感がありますね」。

シマジが当選した作文の番号は1番だった。楽天家のシマジはこれはいちばん上手いということか、と悦に入ったものである。その作文の触《さわ》りを紹介しよう。

〈「山崎の魅力について」　何と言っても京都に近い所に位置し、寒暖の差が激しく、しかも自然に湧く天然水を使って蒸溜しているところです。大東亜戦争でアメリカンオークもヨーロピアンオークも輸入されなかった時代、鳥井信治郎さんの英断で、北海道の原野からミズナラという樹を発見した幸運は計りしれません。「山崎」ウイスキーをはじめ、山崎蒸溜所から出荷される「響」にも、隠し味のようにミズナラが含まれているのを、わたしの舌は感じています。わたしはチーフブレンダーの福與伸二さんと親しくしている関係で、山崎蒸溜所のブレンダー室にまで案内されたことがございます。わたしは7年半、新宿伊勢丹メンズ館８階でサロンドシマジというバーを営業していましたが、このたび3月29日を以て閉店しました。いままで福與さんをはじめ小嶋副社長、鳥井部長、本山課長が来店しました。

わたしの肩書きは長いことエッセイスト&バーマンでしたが、２０２０年4月7日を以て、オーナーバーマンになります。山崎の思い出は数々ありますが、ミズナラシリーズを毎年3本ずつ買い求めて、愉しみました。ヨーロッパだけに売られていたミズナラを逆輸入させて、たしか1本5万円で買い求めて大事に賞味致しました。わたしは山崎ミズナラフェッチです。伊勢丹のサロンドシマジのバーでは年に一度、福與伸二チーフさまの依怙贔屓により、バーでの杯売りだけを条件に、山崎のミズナラを60本ボトリングしていただいております。「人生は運と縁と依怙贔屓である」と教えてくださったのは、いまは亡き開高健文豪です。わたしには『水の上を歩く？』という開高さんとの共著もあります。生前佐治敬三社長とも開高さんの紹介で何度か謦咳《けいがい》に接しました。

わたしはこの4月7日に西麻布の有名なビル、アートサイロ地下一階で新しく「Ｓａｌｏｎ ｄｅ Ｓｈｉｍａｊｉ」というバーをオープンします。もし山崎55年をゲットしたら、バックバーに神棚を作りそのなかに飾ります。そしてわたしが１００歳になったとき、Ｓａｌｏｎ ｄｅ Ｓｈｉｍａｊｉは21周年。山崎55年を抜栓して大盤振る舞いすることを約束します〉

いろいろな方の名前を出したことが〝効いた〟のだろうか。

◎名ブレンダーが作るウイスキーはアートである

2023年の「サントリーSalon de Shimaji Special Edition」の出来は秀逸であった。ブレンダーの福與《ふくよ》伸二さんはいっさい細かいことは言わない。

「今回は山崎のスモーキーな古酒を少量見つけたので、それにミズナラや他のモルトをバッティングして作ってみました」と昨年10月の試飲のときに話していた。このときはミニボトルを1本しか持参しなかった。よっぽどの自信作なのだろうと直感したが、見事に当たった。

今回で6本目になるSpecial Edition。これはサロンドシマジのバーだけで杯売りする条件で、毎年60本をサントリーから納めてもらっている。伊勢丹でサロンドシマジを開いていたころから、サントリーより依怙贔屓《えこひいき》ボトルの恩恵を受けてきた。これは福與さんとシマジの友情の賜物である。試飲するたびにシマジは文豪開高健に飲ませたかった、といつも切なく思う。

昨年の5本目の福與Special Editionは80%のミズナラの古酒に、スモーキーな麦芽で作ったモルトをバッティングした未曽有の美酒だったが、今年の6本目のSpecial Editionボトルは、さらに格調高いアートな仕上がりだった。

シマジはお客さまに自信を持って3種類の飲み方を勧めている。1つ目は、以前スコットランドのバーで教わった。ウイスキー1と水1でトワイスアップにして、氷を入れたシェーカーで素早くシェイクするものだ。2つ目は福與式と呼んでいるもので、ストレートのウイスキーを氷の入ったシェーカーに投入してシェイキング、グラスに注ぐ。そのシェーカーにウイスキーと同量の水を入れて再びシェイクして別のグラスに注ぐ。そして、2つのグラスを交互に飲むのだ。シマジはこの飲み方を踏襲して福與式と命名した。3つ目の飲み方は誰が呼んだか、禁断のハイボールだ。このSpecial Editionのウイスキーを山崎の天然水で作ったサントリーザプレミアムソーダで割った最高級ハイボールである。どれも一杯5500円(税込み)で飲んでもらっている。1月6日から売り出したが、その日だけで軽く1本空になった。7日も1本、8日も1本が空き、合計で3本が空になったから、大変だと思っていたら、いまは少し落ち着いてきた。

このウイスキーを飲んだお客さまたちの感想が凝っている。

「あまりにも口のなかで美味く感じるので、飲み込みたくないです。こんな優雅なウイスキーは生まれてはじめてです」「禁断のハイボールには圧倒されました。いままで飲んでいたハイボールは一体何だったんでしょうね」「このウイスキーを飲んだ瞬間素敵な紳士にエスコートされている気分になりました」

この幻的美酒を飲んだ中国人が小声でシマジにいった。

「マスター、このウイスキー1本を現金100万円で売ってくれませんか」「アッハハハ、1000万円現金を積まれても売れません。これは福與さんとわたしの友情のウイスキーなんです」。

ある日、シマジは福與さんに「福與さんの家飲みは響30年ですか」と訊いた。

「わたしは家では角しか飲みません。他のウイスキーを飲むと仕事モードになってしまうんです」

その舌や、おそるべしである。

◎「プラダを着た悪魔」ならぬ「プラダを着たシマジ」

告白すると、この歳になってシマジは、本来のはじけるような元気が戻ってきた。困ったことにというか、無類の愉しさというか、シマジの持病である浪費癖が爆発的に蘇ってきたのである。新型コロナ禍の3年間は浪費らしい浪費をする気が起こらなかった。忌々しいコロナ禍がやっと去り、重い日常に光が射《さ》した瞬間、愉しい浪費病に火が付いてしまった。それは愛読誌「PEN」をめくっていたときに起こった。プラダのレイン用新作モデル、鮮やかな朱色のパンツに目がとまったのである。その隣のページにはマルニの極彩色豊かなコットン製のサマーセーターが載っているではないか。シマジは迷わず豪華ブティックが建ち並ぶ原宿の表参道に足を踏み入れた。

「あのショーウインドーにかかっているレインパンツを試着したいのですが」とシマジ。「お客さまはお目が高い。あれは2、3日前に入荷した今年の新製品です。同じ色で同じ素材の被る上着とキャップがセットになっているんです。どんな豪雨や強風に見舞われてもこの3点セットがあれば鬼に金棒です。いまお持ちします。スリーサイズありますのでどうぞ試着してください」。

いまシマジは毎日プールで500メートルの水中歩行をやっているが、美食が祟《たた》ってなかなか腹部がへっこまない。結果、上着はMだったがパンツはLだった。キャップはフリーサイズで問題ない。ついでにプラダのスニーカーを購入した。シマジは60歳のとき、銀座「サンモトヤマ」の茂登山長市郎さんにアドバイスを受けてから、美しいモノを購入するときは定価を見ないで買うことにしている。これがダンディズムであると確信している。プラダはすべての商品に値段が表示されていない。「どうして値段が付いていないんですか」と興味本位に尋ねると「いま円安で日に日に高くなったり安くなったりしますので、まあいってみれば時価ということですかね」と店員は答えた。試着室で3点セットを身に纏った瞬間、心のなかで「これはオレ様のために作られたものだ。早く雨よ降れ降れ」と叫んだ。極道ならではの狂気である。その足で同じ表参道の斜め向かいにあるマルニのブティックに入っていった。マルニらしい超派手なサマーセーターがショーウインドーに飾られていた。

「あのコットンのサマーセーターを試着したいんですが」とシマジ。「あのサマーセーターは3点ものでセーターとショートパンツと帽子がありますが」「全部試着させてください」。さすがのシマジも度肝を抜かれた色彩だったが、「美しいものを見つけたら迷わず買え」をモットーにしているシマジに躊躇《ちゅうちょ》はなかった。値段も見ずに軽くアクビをしながら3点セットを購入するとスニーカーも買い足した。はじめてプラダを着たのは2023年5月29日月曜日だった。その日は朝から雨だった。サロンドシマジのバーが無事3周年を迎えたのでバーマンの松本、廣江、バトラーの水間、ショーファーの佐野とで、寛永寺に眠る今東光大僧正に報告しに行き、掃苔《そうたい》をした。同じマンションに住むバトラー水間は「こんな派手なプラダはシマジさんしか着こなせないでしょう。よくお似合いです」と言った。愚妻は「あなた、今日は何処の工事現場に行くんですか」と不思議な顔をした。そして昨日アメックスの本社から「ここのところ出費が多いようですが大丈夫ですか」と〝警告電話〟があった。

◎シマジ流「極道炒飯」が正式にメニューに載った！

月曜日の定休日を除いて、シマジは恵比寿の中華の名店、マサズキッチンで3年と4カ月もの間、毎日ランチで「シマジ流極道炒飯」を食べ続けている、と以前にも書いた。そのときに簡単な作り方も記したが、今回は、シマジの我儘《わがまま》をすべて受け入れてくれている鯰江真仁《なまずえまさひと》オーナーシェフのお墨付きを得たうえで、その公式レシピを一挙公開する。これは鯰江シェフのセカンドをしている高瀬浩史シェフが11種類もの食材を正確に計量して公開する特別レシピである。

鶏卵1個66グラム。卵を1日1個食べると医者いらず、といわれている。卵1個のカロリーは50グラムの牛肉と同格だそうだ。シマジ米80グラム。この米は岩手県一関市の「しまじの田圃《たんぼ》」で収穫されたものを送ってもらっている。この2反半の田圃に引いている水は湧き水なので真夏でもひんやりしている。それが米にとっては恵みの水なのだ。炊きたてに塩を振って食べても感動するほど美味い。ちなみにこれはサロンドシマジのバーでカレーセットと一緒に販売している。

牛肉50グラム。牛肉は味の主役を演じなくてはならない食材である。玉葱《たまねぎ》80グラム。微塵《みじん》切りにしたもので、完成した極道炒飯のなかから肉眼で探すのが難しいくらい細かく切る。トウモロコシ35グラム。トウモロコシはシマジ流極道炒飯の派手な主役である。だからトウモロコシのシーズンが終わるとマサズキッチンのディナーメニューから極道炒飯は姿を消す。しかし、シマジはトウモロコシがなくなると松の実を大量に入れて食べ続けている。松の実25グラム。松の実は小粒だが存在感を発揮してくれている。翌日の大便のなかにそのまま出てくるいじらしさ。その姿を見ると、なにか健気《けなげ》な感覚に襲われる。「松の実君たち、東京湾に出たら、カリフォルニアの海岸まで泳ぎ着いてくれ！」と毎朝声援を送っている。もやし45グラム。一見影の薄い存在だが、なくてはならない縁の下の力持ちである。レタス65グラム。これは彩りとしても栄養価としても重要な役割を演じてくれている。干し桜エビ6グラム。これは風味を付けるのに使われている。入っていないとやっぱり寂しい。

そして火力の強い営業用のガス台に大きな中華鍋を乗せて一気に炒めて、出来上がったら上から振りかける揚げニンニク一つまみと黒胡椒一つまみ。これは文章の句読点のようなものだ。この3年4カ月間、シマジが思いつくままにいろんなヒントを出して、それを一流中華料理人の鯰江シェフが聞き入れ、完璧な大牢《たいろう》の滋味《じみ》にまで格を上げてくれたのが極道炒飯である。

いまマサズキッチンのディナーで、目ざとい美食家たちが手書きの「シマジ流極道炒飯」を見つけると、ただちに注文し、満足そうに舌鼓を打っている。値段は税込みで4500円也。デザートにはマサズキッチン特製の冷えた杏仁豆腐が付いてくる。唯一の女性料理人、稲垣佑嘉子さんが時間をかけて、シマジ流極道炒飯のカロリー計算をしてくれたら692キロカロリーだった。もちろんマサズキッチンには定番の炒飯もメニューに載っている。そのレシピは、米180グラム、60グラム程度の卵1個。干し椎茸《しいたけ》15グラム、かに肉15グラム、白葱を少々。値段は1900円。

生得的な美食家、シマジは馴染みの一流の料理店で、メニューに載ってない秘密の大牢の滋味を味わうことで、人生を謳歌《おうか》している。上質な脳味噌に裏打ちされた依怙贔屓《えこひいき》こそ、人間関係の喜びであり、潤滑油である。

◎歳をとるほど、グルーミングには金をかけるべきだ

サロンドシマジのバーカウンターに毎晩、立っていると、よく訊かれることがある。「お肌がツルツルですね。失礼ですが、おいくつですか」「当年とって83歳になってしまいました」「嘘でしょう！」「いえいえ、これは冷酷な現実です。若いとき耽読《たんどく》したサマーセット・モームは『人生の悲劇は記憶の重荷である』といっていますが、シマジにとっては『悲しみは記憶の軽さである』だったようです。ですから83歳にして皺一つないのでしょう」。それでも信じないお客様には運転免許証かマイナカードを見せる。すると、「何か特別なクリームを使っているんですか」と訊かれる。そこでシマジが83歳の現在、どんなグルーミングをしているのかを公開することにした。

シマジは何時に眠りについても朝8時半ごろには起床する。ほぼ毎日恵比寿ガーデンプレイスのグランサイズというスポーツクラブに行くのだが、雨の日などはタクシーが捕まらずに億劫《おっくう》なので、泣く泣く狭い自宅のバスルームのシャワーを浴びる。シャワーを浴びる前にトゥルフィット&ヒルのシエービングクリーム（5060円→市販価格はショップによってまちまちなので、おおよその参考にして欲しい）を刷毛《はけ》で塗り、気持ち良く髭《ひげ》を剃る。シマジはカミソリで剃る快感に惚れている。歯ブラシも電動ではなく、雷門の藤本虎の馬毛歯ブラシを大小2本使って磨いている。これらは、ジムの専用ロッカーにも同じモノを常備している。実はシマジは82歳の誕生日を以て、いままで蓄えていた髭を剃り落とした。白髪交じりの髭ほどむさくるしいものはない。それからシャワーを浴びて顔と陰

部をシャネルの洗顔クリーム、ラ・ムース（7700円）で洗い落とす。シャンプーとコンディショナーはここ10年毎朝使っているアンファー・スカルプDディグニティ・ザ・スカルプシャンプーとコンディショナー（各1万円）である。その効果があってかシマジの頭髪がいまでもフサフサしている。ボディを洗うのはブルードゥシャネル（6050円）だ。シマジはココ・シャネルの晩年の悲劇を知っている。彼女の墓は大好きだったパリに建てることは許されず、スイスのローザンヌに建てられた。いつかココ・シャネルの掃苔に行こうと思いながら、毎朝シャネルの化粧品を使っている。シャワーを浴びた後はICHIKAのiPS細胞20％入りのローションを顔面にたっぷり染み込ませ、次に同じくiPS細胞5％の保湿クリームを塗り込む。これはサロンドシマジのバーで売っている。ノーベル賞をもらった山中教授が研究するiPS細胞が含まれている貴重品でローションは4万円、クリームは2万円である。整髪料は、毎週通っている恵比寿駅前のフェリス美容室から業務用のジオ・パワーオイル・クリエイティブホールド（1800円）を購入している。最後にシマジのアドバイス通りにパリで作ってもらっているオー・ド・パヒューム・ヘレニズム（1万8000円）を両脇の下に毎日3プッシュ吹き付ける。

夜寝るときは、洗顔後、同じヘレニズムの名前でいま試作中のCBD入りアルガンバームを塗り込む。CBDはマリファナから合法的に抽出した成分が含まれている。これが深い眠りに誘ってくれる。このバームは日焼けも防いでくれる。モロッコの女性たちは日焼けケアにアルガンバームを使っている。そんなわけでシマジのグルーミング代は合計12万円ほど。これで2カ月は持つのだが、ひと月6万円以上。お洒落極道の狂気である。

◎お洒落の道も極まれり。集めた眼鏡は280本!

華麗なるシマジの眼鏡お洒落極道歴は、小学校5年生のときにはじまった。両親の目を盗んで布団のなかで懐中電灯を照らしながら、当時の文化的エロ雑誌「りべらる」を読み耽っていたのが祟《たた》って、ド近眼になってしまったのだ。この「りべらる」は同級生の兄貴が鴨居に隠していたものだ。それを見つけて勝手に、密かに貪り読んだ。そのために、教室では真ん中辺りに座っているのに、先生の黒板の字が読めなくなった。

ある日の夕餉《ゆうげ》のとき、親父が「勝彦、お前は近眼らしいな。明日、雄勁堂眼鏡店に行って、眼鏡を作って来なさい。お金は少年用の眼鏡だからこれだけあれば、十分足りるだろう」と言い、いまで言えば、4万円くらいを渡された。シマジは翌日の放課後、一関の雄勁堂眼鏡店にひとりで行った。少年用の眼鏡はじつに素朴でつまらなかったが、目が釘付けになったのは、大人用の眼鏡だった。それは薄茶色の縁が下に行くほど透明になっていて、実にお洒落な眼鏡だった。運良く女性用で、少年の顔のサイズにピッタリだった。しかし値段は親父に貰った4万円より2万円もオーバーしていた。欲しいとなれば、後先考えないで買ってしまう性格はそのころも変わらなかったシマジ少年はこう言った。

「おじさん、2万円は明日持ってきていいですか。この眼鏡が気に入りました」「いいですよ。君のお父さんのことはよく知っているから」「有り難うございます」

とはいえ、親父は中学校の教師の堅物だ。シマジは愛情をたっぷり注いでくれていた母親に眼鏡店での一部始終を告白した。「しょうがない子ねえ。わかったわ。2万円あげるから明日雄勁堂に持って行きなさい。でもこれはお父さまには内緒ですよ。2人だけの秘密だからね」「わかっているよ。母さん」。

その日の夕餉とき親父はシマジにこう言った。「勝彦、いい眼鏡じゃあないか。少年用なのに大人っぽい感じがいい。4万円で足りたのか。もしかすると、おれの眼鏡より高そうじゃないか」。母親を見ると、シマジを見て目配せしている。「お父さん、ちょうど4万円だったんだ」。

その後、25歳で集英社の週刊プレイボーイの編集者になったシマジは最初の給料で眼鏡を買った。神保町にある創業明治12年の三鈴堂眼鏡店である。それが眼鏡お洒落極道のはじまりだった。そのころはジャケットを買うたびに眼鏡も買った。

そして、集英社の子会社の代表を67歳で引退した後、中目黒にある「1701トゥーランドット」という眼鏡店を訪れたのが運命的な出来事だった。フランスの天才的なメガネデザイナー、ルーカス・ド・スタール、ライオネル・ベレット、ジェレミー・ミクリ・タリアンたちが作り出したユニークで豪華絢爛《けんらん》な眼鏡群に魅せられてしまったのである。結果、一年中毎日眼鏡をかけ替えても、十分に間に合う「シマジ眼鏡コレクション」が完成した。もし白内障になって手術を受けるときは、近眼の度はそのままにしてくれとドクターに訴えるつもりである。

これだけ眼鏡に淫すると、近眼コンプレックスから近眼お洒落極道になる。エリック・クラプトンは200以上のギターを持っているというが、そんなクラプトンに親近感を覚えるシマジである。

◎わが故郷、一関の名物料理に舌鼓の日々

2023年のサロンドシマジのお盆休みは8月13日から21日だった。シマジは迷うことなく4歳から18歳まで育った一関のセカンドハウスに長期滞在した。しかし、最初の落胆を美味しい旬の魚を食べさせてくれる料理屋、富澤で味わった。東京からずっと食べたかった生のホヤが海水の異常高温で、育たなくなってしまったというではないか。2日に1回は仙台の魚市場に行っている働き者のゆかちゃんの話によると、来年も入荷は不可能かもしれないそうだ。最近の異常気象ぶりを象徴するように、北海道のほうが沖縄よりも暑い日がある。仕方なく貯蔵していたホヤのルイベを食べたが、舌は生のホヤを期待していたのでイマイチだった。

そこで貝殻付きの生の岩牡蠣《がき》を食したが、これは圧巻で安心した。80歳を超えても健啖家《けんたんか》で女好きのシマジは、岩牡蠣を毎日2個は平らげた。さらにホッケの塩焼き、ヒラメ、カツオの刺身、かに味噌と続く。これらには角ハイボールが合う。

そして、ジャズ喫茶ベイシーを訪ねた。相変わらず半分下ろされたシャッターには「当分休業します」という張り紙が貼ってあるが、旧友、菅原正二マスターはシマジを待っていてくれた。正ちゃんは5月のゴールデンウイークに会ったときよりも、太っていて感激した。年寄りがどんどん痩せていくのは良くない。太れば元気の証拠である。

このベイシーは圧巻の音響が鳴り響くジャズの店だが、最初に来た人はまず、その大音響に驚かさ

れる。その大音響で今回はカウント・ベイシー楽団で活躍した名トランペット奏者ジョー・ニューマンのバンドを聴いた。サッチモそっくりな声色で歌い上げているアルバムで声帯模写といえルイ・アームストロングのサウンドはまさに楽器である。

一関名物と言えば、もう一つ、餅料理もある。今回も餅料理専門店「ふじせい」に行った。懐石料理の弁当のようなお盆のなかは、すべて、餅である。お盆は9マスの小さな四角に区切られている。いちばん右上からタテに順に挙げていくと……、まずは納豆餅。これは、餅に納豆、ネギ、醤油を絡める。糸をひくため不祝儀には禁物とか。その下に、くるみ餅。鬼くるみをすりつぶし砂糖と塩で調味し餅にからめたもの。さらに下には、じゅうね餅。じゅうねはシソ科のエゴマの実のことで、すりおろして砂糖と塩で味つけする。香ばしさと滋養に痺《しび》れてしまう。また上の段に戻り2列目、ここにはお馴染みのあんこ餅が。その下（ちょうど9マスの真ん中）には箸休めの大根おろし。これには餅はない。その下が、枝豆をすりつぶしたずんだ餅。通年食べられるが、旬は夏から秋である。左の列の上はショウガ餅。椎茸《しいたけ》に根ショウガのおろし汁を加えてとろみをつけている。その下はごま餅。そして最後の一品は鶏肉とゴボウを甘くあえたもの。じつは去年まではエビ餅だった。小さな沼エビを炒ってだし汁で味をつけた珍しい餅料理だったが、沼や池に外来種のブラックバスが増えて沼エビは喰い尽くされてしまったそうだ。これにお椀でお雑煮が付いて、１７５０円。一関の自慢である。

8月19日土曜日の午後は甲子園を見た。花巻東と仙台育英の東北対決。シマジの応援もむなしく花巻東は完敗したが、あそこから第2の大谷翔平が生まれる予感がする。いくつになっても故郷の素晴らしさを再認識するシマジだが、ホヤには嫌な予感がする。

◎シマジカツヒコ、またの名を83歳ガングロギャル男という

シマジは5月上旬くらいから恵比寿ガーデンプレイスにあるスポーツクラブ、グランサイズのプールサイドにあるバルコニーでデッキチェアに横になりながら、自然の太陽光で日焼けしている。5、6月は裏表20分間の天日干しができたが、7、8月は10分間が限界である。全身を焼く前に熱中症防止のためにジムの備え付けの水素水をコップで3杯必ず飲むことにしている。デッキチェアに海水パンツ一丁で横になっていると、ときどき全身を愛撫するようなそよ風がやってくる。その気持ち良さに酔いしれる。天日干しは5月早々から10月中旬で終了する。シマジの全身は見事に赤銅色に焼けていて、その辺のギャルには断じて負けていないガングロだ。「おれは83歳のガングロギャル男だな」と、ひとり悦に入っている。

シマジは生まれつきジゴロならぬ地黒である。小学5年生のときだったか、母親の親友が磯子に住んでいてその家に夏休みを利用して1週間、泊まったことがあった。当時の磯子はまだ工業地帯ではなく、ビーチは海水浴客で賑わっていた。見る見る真っ黒になっていくシマジ少年を見た伯父さんが、「カツヒコくん、今度の日曜日に日焼け大会（当時は別の呼称だったが今は使えないらしい）があるから、出たらいいよ。入賞間違いなしだね」と言う。母親も「出てみたら。いい思い出になるわよ」と言う。そんなわけでシマジ少年は見知らぬ町の大会に出場。入賞どころか優勝を勝ち取ったのであ

る。賞品は大きなスイカ一個だった。伯父さんも伯母さんもそして母親も大いに喜んでくれた。だからシマジの日焼けは少年時代のころからの筋金入りなのだが、こんな経験もした。

35、36歳で「日本版PLAYBOY」の副編集長をしていたころ、天才カメラマン、アラーキーに同行して「世界の女を喰う」という大それた企画を考えて、アメリカの砂漠のなかにある売春宿に潜入したのだ。天才アラーキーは達意な文章でその一部始終を綴《つづ》ってくれ、見事なヌード写真を撮ってくれた。シマジも新しい冒険のために、そこで働く美しい女性と一戦交えた。事が終わって横になって鏡張りの天井に映っていた2人の裸体を見たとき、シマジは彼女の肌の美しい色に圧倒された。その女性の肌がひんやりとして冷たかったのにも驚いた。白人の平熱は7度5分で、東洋人の平熱は6度5分で、黒人は5度5分ぐらいの差があると聞いた。だから白人は冬でもTシャツで東京を闊歩している。

ガングロシマジにはやっぱり派手なネイルとペディキュアがよく似合う。シマジは指先まで真っ黒な手の爪にインターナショナル・ネイル・アソシエーションの現役の副理事長で、熟年テクニシャンネイリストの矢野先生と大江先生に手と足のネイルを同時にしてもらっている。手の爪と足の爪を一緒に触れられるこの3Pネイルの快感はなかなかのものだ。ネイルの色もガングロギャル男に合わせて蛍光色にしてもらっている。ブラックライトで照らすと不気味に光るのが面白い。いつもバーで嵌《は》めている沢山のドクロの指輪がさらに不気味に輝くのだ。

やっぱり人生は、「メメント　モリ」〈死ぬことを忘れるな〉だけど、だからこそ「カルペ　ディエム」〈今日という日を愉《たの》しめ〉なのである。

◎料理人相手の〝食の十番勝負〟は負けるが勝ち

銀座8丁目にあるフランス料理店「Ｍａｒｄｉ Ｇｒａｓ」（マルディグラ）の和知《わち》徹シェフvsシマジと島地勝彦公認味覚のストーカー森田晃一の食の十番勝負は、新型コロナの蔓延《まんえん》のため約3年間休戦状態だった。この快楽の大勝負がついに再開された。２０２３年の8月某日のことである。

2人に勝負してきたシェフの第一弾は、ガスパッチョと明石産タコのマリネの上にジェノベーゼソースをかけたものだった。あまりの美味さに森田とシマジは思わず無口になった。料理の伴走にはタリスカー10年のスパイシー・ハイボールだ。続いて出てきた逸品はフランス産ジロームキノコを半熟卵、マディラソースで和えたもの。東京はまだ未曽有の炎暑が続くというのに、われわれの口の中はもう秋の味覚で一杯になった。いよいよ今夜のメインディッシュである。冷製カッペリーニをかつお節のだし汁と緑茶で冷やしラーメン風に作り、鳩のソテエが載せてあった。シマジが病的なまでの猫舌であることを熟知している和知シェフの優しさが滲み出ているではないか。グリルしてまだぬくもりがある鳩と、かつお節と緑茶の絶妙なスープの味と温度差を愉《たの》しみながら吟味した。

「和知さん、この鳩は日本の山鳩ではありませんね」「はい。これはフランス産の養殖鳩です。シマジさんは何でも食べていらっしゃるから直ぐわかるんでしょうね」「わたしは82年間の生涯で山鳩は50羽は食べましたね」「青首鴨は？」と森田が会話に入ってきた。「野鴨は優に千羽は食べましたね」「凄い！　千羽ツルならぬ千羽カモですか」「すべての野生の動物の肉は散弾銃やライフル銃で撃たれたものと罠で獲られたものでは、格段に味が違います」「確かに銃で撃たれた動物はカモでもヒグマでも、ストレスがかかるんでしょうから、罠で獲った獲物より数段味は劣りますよね」と和知シェフ。「それから野生動物は食べている餌で味がガラッと違ってきます。ある日広尾の日赤通りにあるコントワールミサゴの土切シェフが仕入れたイノシシが絶品だったので『このイノシシは何処で捕れたの』と訊いたら『これは静岡の茶畑に1カ月間隠れていてお茶の葉ばかり喰っていたところを茶畑の主に見つかって、漁師に撃たれたものだそうです』と教えてくれました。わたしはその日から一週間毎日通って、茶の葉の香りがほのかにするイノシシをほとんど食べ尽くしました」「そこまで食べて上げたらそのイノシシのご供養になったことでしょうね」と森田。

「シマジさんの悪食は有名ですが、珍しいもので何を食べましたか」「ベルリンで食べたアフリカのライオンですかね」「美味かったですか」「ビックリするほどの味ではなかったです」

そうこうしているうちにデザートが運ばれてきた。「これは沖縄のアップルマンゴーといいまして、数々の賞を受賞した名品です」「美味い！」と森田とシマジは同時に大きな歓声を上げた。「和知さん、今夜も森田とわたしは完敗しました。でも食の十番勝負の闘いのおかげで、人生には負けることも幸せであることを教えてもらいました」。

こう御礼を言うと、次回の勝負を翌月の9月に決めた。

「ひと月あればまたシマジさんと森田さんの舌を勃起させる珍しくて美味しい食材を探せるでしょう」

食べているものを聞けば、何者であるかがわかるとジャン・アンテルム・ブリア＝サヴァランは言ったが、シマジは「極道」と言い当てられることだろう。

◎なぜ桃のフルーツカクテルをベリーニというのかご存じですか？

1931年にバーマン、ジュゼッペ・チプリアーニがヴェネツィアのサンマルコ広場の近くにハリーズバーを創業する前から、物語ははじまっていた。

チプリアーニがまだヴェネツィアのエウローパホテルのバーで働いていた2年前、ハリー・ピカリングというアメリカの大学生が富豪の伯母と長期滞在していた。ヴェネツィアは女心を狂わす都とよくいわれているように、伯母は地元のジゴロに騙《だま》されてハリーを残したまま、有り金を持って消えてしまった。途方にくれたハリーがどうやってアメリカに帰ろうか、とホテルのバーで思案に暮れていると、事情を察したチプリアーニは気前よく、大枚1万リラを貸してくれた。友達に金を貸すと友人も金も失うと、よくいわれるが、チプリアーニはハリーを信じていた。

そして1930年の冬、颯爽とハリーはバーに現れて言った。

「チプリアーニさん、あのときは有り難うございました。これはあなたにお借りした分の1万リラ、こちらの金はぼくの気持ちです。一緒にバーを開店する資金にしてください」

ハリーは10万リラをカウンターに置くと付け加えた。

「バーの名前はハリーズバーでいいですか」

新しいバー、ハリーズバーでチプリアーニは死ぬほど働いた。一方、ハリーは毎晩夕方から看板までいちばん奥のスツールに座り、ひたすら飲み続けた。そして3年ほど経ったある日、ハリーは風のように消えた。多分、自分が出資した10万リラを飲み尽くしたと思ったのだろうか。なかなか、ロマンティックな愚か者らしいではないか。

ハリーズバーでチプリアーニが考案した最高傑作のフルーツカクテルは、ベリーニである。このカクテルは、桃をジュースにしてイタリアのプロセッコで割ったものである。

さて、どうしてベリーニといわれるようになったのか。

それはヴェネツィアのアカデミア美術館に飾られている15世紀最大の巨匠、ジョヴァンニ・ベリーニが描いたサンマルコ広場の敷石がピンク色した大理石だったからである。このピンク色が桃のカクテルの色と酷似している。そのピンク色の大理石はいつしか剥がされて、いまではコンクリート剥き出しになってしまった。

イタリアの桃は日本の桃よりも濃いピンク色をしている。ベリーニを作る最大のコツは上等のシャンパンを使わないことだ。いつか最高級シャンパン、サローンで作ってみたら素朴な桃の香りが消えてしまった。イタリアのプロセッコやスプマンテがベストである。

今年の夏は猛暑でサロンドシマジのバーでも、ベリーニはよく売れた。これからの季節、フルーツカクテルの王様はシャインマスカットである。シャインマスカットをグラスのなかで潰し、ジンを垂らしてソーダで割る。最後に実だけ別のグラスに入れ替えて、食べていただいている。どなたかこのシャインマスカットのカクテルを飲んで、桃のカクテルをベリーニと命名したように、素敵な名前を付けてくれませんか。

◎料理人の最高の味付けは、おもてなしの心である

サロンドシマジの常連客の佐野和志さん、ラムちゃんご夫妻からディナーのご招待を受けた。その店はサロンドシマジのバーの近くの「清水」という割烹である。近くなのに知らなかった。そして、そのおもてなしに驚いた。

季節柄、料理は松茸のオンパレード。松茸は理想的な大人の親指サイズが用意されていた。青森県むつ市産である。今年は酷暑で松茸は不作と聞いている。これだけ集めるのは大変だったろう。松茸料理の前に出てきたのは清水焼の器に入った車エビの茹でたものと、生。そのコンビネーションもさることながら、和食はやっぱり器である。そしてカウンター越しに料理人の手さばきを見ながら、食べるのがいちばんの贅沢《ぜいたく》である。八寸《はっすん》に続き、松茸の土瓶蒸しは圧巻だった。焼いた秋刀魚も出てきた。

「シマジさんは、これまで散々松茸料理を召し上がっていると思いますが、どういう料理の仕方がお好きですか」と佐野さんが訊いてきた。

「そうですね。天麩羅と刺身ですかね」「天麩羅はわたしも何度か食べましたが、刺身というのは、どうやって作るんですか」「簡単です。薄く切った松茸をサッと熱湯に通して急激に冷水で冷やすだけです。これをわさびと醤油をつけて食べる」「美味そうですね」

間もなくすると驚いたことに、シマジの前に揚げたての松茸の天麩羅を2つに割り、小皿に塩を添えたものが出てきた。「これは?」とシマジが尋ねると、「今日の献立にはありませんが、どうぞ」と

清水店主は言う。依怙贔屓が大好きなシマジは相好《そうごう》を崩した。

そして暫《しばら》くすると、われわれ3人の前に松茸の刺身が柚と醤油と一緒に出てきたではないか。「これは凄い！」とシマジが絶叫すると、「若いとき師匠に『料理の醍醐味《だいごみ》は通のお客さまに教わることだよ』とよくいわれました」と清水店主。

「この松茸の刺身は松茸の風味も味もよくわかっていいですね」と佐野さん。「本当にそう思うわ」とラムちゃん。「つかぬことをお訊きしますが、この松茸の刺身はどこで教わったのですか」と清水店主。

「これは若いとき京都のたん熊で修行して、東京の赤坂に「京ふじ」という店を開いた藤井料理人に教わったんです。藤井さんに教わった料理で思い出すのは明石のシラサエビですね。残念ながら阪神大震災でシラサエビは全滅してしまったらしいです」

清水焼の器にも感動したシマジは魯山人のお皿があるかも尋ねた。

「はい。5枚だけあります。かにの絵が描いてありますが、これからの季節、香箱かにを載せると凄く映えるんですよ」

そのときすでに82歳だったシマジは、炊きたてご飯にウニといくらを載せてかき混ぜたご飯と、生の松茸と三つ葉を載せてかき混ぜたご飯まで食べられなかった。それらはおにぎりにしてお土産にしてくれた。このおにぎりも究極である。料理人の優劣は味だけで決まるものではない。客の会話や仕草に気を配る観察眼ともてなしの心ではないか。

彼のそれにしびれたシマジが香箱かにの季節の再訪を約束したのは言うまでもない。

◎おわりに――「メメント モリ」、「カルペ ディエム」

すべてのものに終わりがあるように、本書もこのコラムで大団円を迎えることになります。最後は、シマジが79歳で西麻布にサロンドシマジをオープンした理由を話そう。それは死ぬ直前まで、現役でカウンターに立っていたいからだ。そして、シマジ教の熱狂的な信者たちと口角泡を飛ばし合いたいのである。

サロンドシマジのカウンターに座ったお客さまたちは、バックバーの貴重な絵画を眺めながら、まるで美術館で飲んでいるような錯覚を覚える。また額装された書籍群を見るにつけ、図書館で飲んでいるような気持ちにもなるようだ。エッセイストのシマジは、「バーカウンターは人生の勉強机である」と書いている。あるときはバーマンが先生になり、またあるときはお客さまが先生になる。2023年の夏、サロンドシマジのバーの3周年記念を祝して、シマジのマトリョーシカをモチーフにして、MEMENTO　MORIのロゴを入れたTシャツを作った。2024年の4周年記念には、この言葉の対語になっている、CARPE　DIEMというロゴでまた洒落たTシャツを作ろうかなと、考えている。

15世紀ごろ、ヨーロッパの修道院の廊下では僧侶と僧侶がすれ違うとき、どちらからともなく「メメント　モリ」と声をかけ、かけられた僧侶が「カルペ　ディエム」と答えたという。これは「人間はいずれ必ず死ぬことを覚えておきなさい」と言われると、「はい、ですから、今日という日を思い切り愉しみます」という意味である。この話を気に入ってくれた仲のいい夫婦が、「そうだ。明日から目を覚ましたら、僕が『メメント　モリ』というから、あなたは『カルペ　ディエム』といってくれ」ということになった。以後、お酒を飲むときも、この神秘的な対語を使っているというではないか。そこでシマジは閃《ひらめ》いた。今後、サロンドシマジのバーの乾杯は「メメント　モリ」「カルペ　ディエム」にしようかと。

シマジは108歳まで元気にカウンターに立っていたい。それは煩悩の数を生きたいのである。108歳のある夜、お喋りしていたシマジが突然無口になり、トイレに消える。20分経っても出てこないので、心配になった松本チーフバーマンが廣江バーマンに囁く。「廣江くん、トイレに行ってシマジさんの様子を見てきてくれますか」。廣江がトイレのドアを開けると、シマジは便器にうなだれるようにして、座っている。「シマジさん、大丈夫ですか！」と叫ぶがシマジは無言。これぞ、遊戯《ゆげ》三昧《ざんまい》の大往生である。

最後まで本書の拙文にお付き合いくださり、心より感謝いたします。シマジの大好きなジョークで締めましょう。

ロシアも1980年代以降、グラスノスチやペレストロイカが起こり、ミハイル・ゴルバチョフ大統領の時代になった。記者たちに囲まれたゴルバチョフは、「さあ、何でも訊《き》いてください」と言った。ニューヨークタイムズの敏腕記者が手を上げて質問した。「1963年のあのとき、もしケネディ大統領ではなく、フルシチョフ書記長が暗殺されていたら世界はどう変わったと思いますか」「確実なことは、オナシスは未亡人になったフルシチョフ夫人と結婚はしなかったね」——。

島地勝彦（しまじ・かつひこ）

エッセイスト、バーマン。1941年4月7日、東京は世田谷区奥沢に生まれ、4歳のときに岩手県一関市に疎開。県立一関第一高等学校、青山学院大を経て集英社へ。「週刊プレイボーイ」「月刊PLAYBOY日本版」「Bart」などの編集長を歴任後、同社取締役から集英社インターナショナル社長に。退任後に2008年から執筆活動をはじめる。著書に『甘い生活』（講談社＋α文庫）、『salon de SHIMAJI バーカウンターは人生の勉強机である』（Pen BOOKS）、『お洒落極道』（小学館）、「時代を創った怪物たち——古今東西の偉人・賢人・人たらし…への手紙』（知的生きかた文庫）など多数。現在、帝国データバンク発行の「TEIKOKU NEWS」にて月1回「島地勝彦のスペシャル人生相談」を連載中。2020年には、オーセンティックバー「Salon de Shimaji」（東京都港区西麻布4-2-5-B1 TEL 03・6427・1477）をオープンした。

人生《じんせい》は冥土《めいど》までの暇《ひま》つぶし

2024年11月22日　第1刷発行

著者	島地勝彦《しまじかつひこ》
発行者	寺田俊治
発行所	株式会社日刊現代 〒104-8007 東京都中央区新川1-3-17 新川三幸ビル 電話 03-5244-9620
発売所	講談社 株式会社 〒112-8001　東京都文京区音羽2-12-21 電話 03-5395-5817
本文デザイン／表紙	伊丹弘司
校正	宮崎守正
DTP	株式会社キャップス
製本所／印刷所	中央精版印刷株式会社
編集担当	中田雅久

ISBN978-4-06-537719-2